Il n'y a que le

Danielle Guérin

Catalogage avant publication de Bibliothèque et Archives nationales du Québec et Bibliothèque et Archives Canada

Titre: Il n'y a que le train / Danielle Guerin, auteure.
Noms: Guérin, Danielle, 1967- auteur.
Identifiants: Canadiana 20190019638 | ISBN 9782981350534 (couverture souple)
Classification: LCC PS8613.U4498 I4 2019 | CDD C843/.6—dc23

Conception de la couverture : Carolle Bergeron
Illustration de la couverture : ©Depositphotos

Dépôt légal : 2e trimestre 2019
Bibliothèque et Archives nationales du Québec
Bibliothèque et Archives Canada

ISBN : 9782981350534

Imprimé au Québec

À ma mère
À la douce mémoire de mon père

Pour accompagner Christelle dans ses choix musicaux, vous trouverez la liste de lecture sur YouTube : http://bit.ly/queletrain

Ceci est une œuvre de fiction. Les villes et villages existent, mais les personnages et situations décrits dans ce roman sont purement fictifs.

Chapitre 1

Mai 2015

Christelle remue dans son lit et se couvre la tête, comme pour se cacher du soleil qui éclaire la chambre. Un cardinal chante tout près de la fenêtre ouverte. Oh! Et puis il fait trop beau pour ne pas en profiter. Elle se découvre d'un seul geste.

Elle se lève et médite un peu, fait quelques exercices d'étirement, puis se dirige ensuite sous la douche. Peut-être arrivera-t-elle à dissiper cette sensation de brouillard. C'est une journée importante et elle a besoin d'être alerte. C'est le 70ᵉ anniversaire de sa mère, et sa famille lui a préparé une fête surprise dans un restaurant à Bouchette. Christelle partira plus tard en fin d'après-midi.

En sortant de la douche, elle s'essuie et enroule la serviette autour de son corps avant d'appliquer ses crèmes et son maquillage. Elle sourit à sa réflexion. Elle se trouve belle avec ses grands yeux bruns aux longs cils, son petit nez un peu retroussé, et ses quelques pattes d'oies au coin des yeux quand elle rit. Pas mal pour une femme qui aura bientôt 48 ans.

Dans sa chambre, elle se place devant le miroir plein pied et laisse tomber sa serviette. Elle se regarde sous tous ses angles. Ses seins tombent un peu, mais pour le reste, Christelle est fière. Les marches quotidiennes et le yoga ont raffermi ses muscles et il ne reste que des rondeurs « aux bons endroits ». Si elle avait vécu en France au 19ᵉ siècle, elle aurait pu poser pour le peintre Auguste Renoir. Elle enfile une tenue décontractée, un jeans et un t-shirt. Elle se changera plus tard, avant de partir pour Bouchette.

Christelle se prépare un café et mange un yogourt et des fruits en lisant un livre de développement professionnel. Ensuite, elle lave sa vaisselle et s'installe devant son ordinateur pour travailler sur son roman historique. Ne se sentant pas inspirée, elle décide de faire quelques recherches en ligne pour alimenter son prochain projet.

Quelques heures plus tard, Christelle se prépare à sortir. Elle retouche son maquillage et enfile sa petite robe noire.

— Bon, je pense que j'ai tout. Le cadeau, la carte, mon sac à main. Oh oui, mon téléphone!

Christelle ferme de nouveau la porte de son appartement à clé, et appelle l'ascenseur pour descendre au stationnement souterrain.

Elle monte en voiture, branche son téléphone, cherche sa *playlist*[1] pour la route, en se disant qu'elle en aura bien besoin pour se motiver à passer la soirée avec sa famille. Elle n'a pas envie d'expliquer pour la millième fois ce qu'elle fait dans la vie.

Ce n'est pas évident pour ses oncles et tantes qui ne sont pas familiers avec les nouvelles technologies de comprendre que leur nièce gagne bien sa vie en accompagnant des gens dans la réussite de leur entreprise. Tout ça, bien assise chez elle, à partir de son ordinateur.

---

[1] liste de chansons

« Go! », dit-elle en démarrant.

Le voyage se passe bien. Il n'y a presque pas de trafic sur la route. Christelle apprécie le prolongement de la route 5 pour le temps qu'il lui fait gagner, mais elle regrette parfois les nombreux petits villages qu'il fallait traverser avant. Elle chante à tue-tête en accompagnant Madonna sur « Like a Virgin » puis Marjo qui crie « Illégal », et tous ces chanteurs qui ont marqué la fin de son adolescence dans les années '80.

Finalement, elle parcourt les 115 kilomètres dans la joie et la musique, et s'étonne d'apercevoir déjà au loin le clocher de l'Église St-Gabriel de Bouchette.

Quelques minutes plus tard, elle stationne son auto derrière le restaurant, à côté de la seule voiture, probablement celle de la propriétaire. Christelle est en avance. Ça lui permettra de relaxer un peu.

Elle jette un dernier regard dans le miroir du pare-soleil pour vérifier son allure. Elle se met un peu de rouge à lèvres, replace quelques mèches, et sort.

Qui sera là? Verra-t-elle des gens qu'elle connaît, à part sa famille? Elle était contente de quitter le village 30 ans plus tôt pour aller étudier à Gatineau. Aujourd'hui, on dirait un village fantôme. La rue est presque déserte en ce beau samedi de mai, sauf pour deux jeunes garçons qui se promènent à vélo.

Le restaurant Chez Matante, le seul à part un casse-croûte à Bouchette, est situé en plein centre du petit village de 750 habitants sur la rue Principale. Avant, l'établissement abritait l'un des deux bars du village, le Manoir. À gauche du restaurant, il y a le bureau de poste, et à droite, un peu plus loin, il y a l'école Notre-Dame-de-Grâce que Christelle n'a jamais fréquentée. Elle était adolescente lorsqu'ils ont déménagé à Bouchette, et elle fréquentait la Cité Étudiante de Maniwaki, la seule école secondaire qui accueillait tous les niveaux.

De l'autre côté de la rue se trouve la salle municipale, le casse-croûte Chez Mado, et la Supérette de Pierre Gorman. Ce magasin général existe depuis très longtemps, avant la naissance de Christelle. Sur la pointe que font la rue Principale et le chemin de la Ferme des Six se trouve un édifice multilogements. Auparavant, quand Christelle était adolescente, c'était l'hôtel le Canadien où elle allait danser les weekends quand il y avait un orchestre… et quand il n'y en avait pas, elle dansait au son du jukebox. À cette époque, il y avait des dizaines d'adolescents qui se tenaient au casse-croûte ou sur le trottoir, près des portes ouvertes des bars.

Elle repousse les souvenirs qui montent en elle en prenant une grande respiration et en redressant les épaules avant de marcher vers l'entrée du restaurant.

La main sur la poignée, elle prend une autre grande respiration, lève la tête, et entre. Elle voit Johanne, la propriétaire, qui se dirige vers elle, souriante comme d'habitude.

—Allô! Ça fait longtemps qu'on ne t'a pas vue. Comment vas-tu, la vedette? Ta mère nous a montré l'article dans le journal. Wow! Comme ça t'as ta propre business pis t'as gagné un prix en plus! Bravo! Elle va être contente que tu sois venue pour sa fête. Je pense qu'elle ne se doute de rien. C'est son amie Rita qui va l'amener plus tard.

Christelle sourit timidement. Elle a de la difficulté à accepter les compliments, même si elle sait qu'elle le mérite.

—Merci, je vais bien. C'est important pour maman, alors c'est normal que je sois ici.

— Tu peux t'installer n'importe où autour de la grande table. C'est pour votre groupe. T'es la première arrivée. Veux-tu quelque chose à boire en attendant? Une bière, un verre de vin?

— Je prendrais juste un café s'il te plaît. Si tu en as du frais.

— Je viens justement d'en préparer. Avec ta mère, ses frères pis ses sœurs, tous de gros buveurs de café, j'suis mieux d'en avoir de prêt!

— Merci.

Christelle choisit une place près du mur, d'où elle pourra observer les allées et venues, et s'installe en prenant un livre dans son sac. Elle ne sort jamais sans avoir quelque chose à lire. Cette fois, c'est « La grande mascarade » d'A.B. Winter. Elle est captivée par l'histoire de ce thriller spirituel.

Johanne lui apporte son café en même temps qu'un couple entre dans le restaurant. Elle fige et ressent comme une brûlure au niveau du plexus solaire en reconnaissant l'homme. C'est Bruno, un homme qu'elle a connu lorsqu'elle était adolescente, et une femme beaucoup plus jeune que Christelle ne reconnaît pas.

Elle le regarde sans sourire, simplement pour signaler qu'elle l'a vu et qu'elle l'a reconnu, et retourne à sa lecture. Elle a de la difficulté à se concentrer et doit relire les quelques lignes déjà lues. Le couple s'assoit dans une banquette tout près d'elle, et discute en chuchotant.

De temps en temps, Christelle lève le regard, se sentant observée. Bruno parle à son invitée, mais l'observe en même temps. Elle se sent mal. Elle a l'impression d'être le sujet de la conversation, et se sent jugée. Est-ce possible qu'il lui en veuille encore après autant d'années?

Quelques minutes plus tard, ses oncles et ses tantes arrivent pour célébrer l'anniversaire de sa mère, leur sœur. Ils sont près d'une vingtaine avec leurs conjoints. Elle se lève pour aller les accueillir et leur faire la bise.

Ils sont contents de la voir et elle rit avec eux, un peu plus fort que d'habitude, comme pour montrer à Bruno qu'elle ne se laissera pas démonter par sa présence.

Enfin, sa mère arrive. Hélène Talbot est vraiment surprise de voir tout ce monde réuni pour célébrer son anniversaire. Elle est touchée et serre très fort sa fille en se retenant de pleurer.

— Oh que je suis contente que tu sois là, ma grande. Tu dois avoir beaucoup de travail qui t'attend, hein?

— Bien non, Mom. C'est samedi. Je peux bien prendre congé les weekends. C'est important pour moi d'être ici. Je t'aime tellement.

— Moi aussi, je t'aime. Viens, on va s'assoir.

Elles prennent place et continuent de discuter avec les autres invités. Son oncle Méo les divertit avec ses blagues.

De temps en temps, Christelle jette des regards furtifs vers Bruno, pour voir s'il l'observe encore. Il semble concentré sur les propos de son invitée, et l'ignore. Christelle pousse un soupir de soulagement qui ne passe pas inaperçu.

— Ça va, ma fille? C'était quoi ce grand soupir-là?

Christelle prend la main de sa mère dans la sienne pour la rassurer.

— Ce n'est rien, Mom. C'est juste un soupir de bonheur. Je suis heureuse d'être ici avec toi.

Elle préfère mentir pour ne pas gâcher la fête de sa mère avec ses préoccupations.

Le reste de la soirée se déroule dans la joie. Les invités mangent et boivent tout en discutant de tout et de rien.

Puis, vient le moment du gâteau avec ses bougies. Johanne a eu la délicatesse de ne pas mettre 70 chandelles, mais les chiffres 7 et 0.

Hélène souffle les chandelles et Johanne reprend le gâteau pour le couper et le servir aux invités. On en profite pour demander à la fêtée de déballer ses nombreux cadeaux.

Christelle a offert à sa mère un diffuseur avec quelques bouteilles d'huiles essentielles.

— Oh! Tu m'en as acheté un comme le tien. Les petites bouteilles, ce sont les mêmes que tu m'as fait sentir la dernière fois que je suis allée chez vous?

— C'est en plein ça, Mom. Et la bouteille avec l'étiquette mauve, c'est pour diffuser le soir avant de te coucher pour que tu fasses de beaux rêves.

Madame Talbot s'empresse d'ouvrir le bouchon pour sentir le mélange d'huiles et le tend à sa sœur pour qu'elle la fasse circuler autour de la table.

— Sentez-moi ça si ça sent bon. C'est Christelle qui m'a donné ça. J'vais bien dormir ce soir.

Tour à tour, ils prennent la bouteille, la portent à leur nez et font leur commentaire.

— Hmmm

— Ça sent bon.

— Ouin, t'es gâtée.

Après que sa mère eut déballé tous ses cadeaux, remercié l'un pour les billets de loterie à gratter, l'autre pour le foulard, et les autres pour les livres, Christelle s'apprête à quitter la fête.

— Mom, il va falloir que je parte bientôt. Il commence à se faire tard et je dois rentrer à Gatineau ce soir.

— Je comprends. Va dire au revoir à tes oncles et tantes puis viens me voir avant de partir.

Christelle se lève et commence à saluer ses oncles et tantes en leur faisant à nouveau la bise et en leur promettant de les visiter quand elle reviendrait dans la région pour les Fêtes.

Bruno n'est plus là. Elle ne l'a pas vu partir. Elle revient vers sa mère. Celle-ci se lève et la prend dans ses bras.

— Soit prudente, ma grande. Je ne sais pas ce qui te tracassait un peu plus tôt, mais je suis certaine que ça va s'arranger. Tu sauras bien me le dire.

— Oui Mom, je promets d'être prudente. Inquiète-toi pas. Bye! Je t'aime.

— Bye tout l'monde!

Elle pousse un soupir de soulagement dès que la porte du restaurant se referme derrière elle. Elle marche rapidement jusqu'à la voiture. Le temps s'est rafraîchit avec la tombée de la nuit.

Sur le chemin du retour, malgré la musique entraînante qui est censée lui changer les idées et la faire chanter, Christelle est silencieuse.

Ça lui demande beaucoup d'effort de se concentrer sur la route, mais maintenant qu'elle est seule, elle ne peut s'empêcher de penser à sa réaction en voyant Bruno.

Pourquoi cette rencontre l'a-t-elle secouée autant? Il ne lui a même pas adressé la parole. Ça fait presque 30 ans qu'elle ne l'avait pas revu, bien avant qu'elle ne quitte le village pour étudier au Cégep de l'Outaouais, à Gatineau.

Quarante-cinq minutes plus tard, arrivée près de Wakefield, elle prend la sortie et passe à la commande à l'auto du Tim Hortons pour s'acheter un café. Elle a besoin de rester réveillée et de se réchauffer un peu.

En redémarrant, Christelle monte le son de la radio et chante avec Gerry Boulet.

— *Tu n'étais seulement qu'une aventure, sur mon cœur de pierre une égratignure... un peu de chaleur dans ma froidure.*

— Enfin chez nous!

Christelle habite un condo de quatre pièces lumineuses dans l'ancien centre-ville de Gatineau. La proximité de ses endroits préférés : la Maison de la Culture avec sa succursale de la bibliothèque, le Cinéma 9, le Centre sportif et, pour l'amoureuse de café qu'elle est, le Moca Loca au rez-de-chaussée de l'immeuble, l'ont séduite. Elle n'a même pas besoin de sortir pour aller prendre un café ou déguster un dessert décadent.

L'appartement est parfait pour elle, et elle se félicite d'avoir vendu la maison après le décès de son mari. Christelle n'aurait pas pu rester dans cette maison remplie de souvenirs, aussi agréables soient-ils.

Philippe, son mari, est mort dans son sommeil. Son cœur s'est simplement arrêté de battre. Christelle a été dévastée de perdre son meilleur ami, son confident. Ils avaient encore beaucoup de projets à réaliser ensemble, et elle lui en a voulu d'avoir autant négligé sa santé. Elle lui a promis sur sa tombe qu'elle les réaliserait pour deux.

Elle accroche son sac et son manteau, puis retire ses talons hauts. Elle enfile les pantoufles tricotées par sa maman, et passe à la cuisine pour préparer une tisane à la camomille. Elle a besoin de se détendre un peu avant d'aller se coucher. Elle met de la musique classique en sourdine. C'est le style de musique qu'elle choisit quand elle veut se calmer. Elle a tendance à chanter lorsqu'elle met des chansons, et ceci a pour effet de la stimuler au lieu de la détendre.

Christelle allume la lampe près de son fauteuil de lecture, et dépose la tasse fleurie sur la table d'appoint. Elle met quelques gouttes d'huiles essentielles à l'effet calmant dans l'eau du diffuseur, les mêmes qu'elle a offertes à sa mère, et s'assoit pour écrire dans son journal. En quelques secondes, elle sent les effluves de lavande et de vétiver. Dans quelques minutes, elle commencera à sentir son corps se détendre.

La rencontre avec Bruno a fait remonter des souvenirs plutôt désagréables qu'elle a besoin de coucher sur papier pour mieux comprendre pourquoi ils refont surface maintenant, et peut-être avec un peu de chance, les oublier, enfin. Christelle pense que ce n'est pas normal d'être encore aussi bouleversée, surtout après tant d'années.

Chapitre 2

Nous sommes en mai 1984.

« Sweet dreams are made of these ... who am I to disagree » des Eurythmics joue dans le jukebox. Je l'aime cette chanson.

Il y a peut-être une douzaine de personnes dans le bar Le Canadien.

J'ai 16 ans, et je suis contente d'être là. Je sais que je n'ai pas l'âge pour entrer dans un bar, mais le propriétaire nous laisse faire, mes amies et moi. C'est rare qu'il y ait une descente policière quand il n'y a pas d'orchestre et puis, il y a toujours quelqu'un qui appelle pour avertir que les policiers s'en viennent. Ça permet aux jeunes de sortir et de se disperser sans se faire prendre. Dans un petit village comme Bouchette, tout se sait rapidement.

Je danse avec mon amie Martine. Nous rigolons parce que nous remarquons que Frank nous observe avec son sourire enjôleur. Je le trouve tellement beau! Je pense qu'il s'en doute, mais j'hésite encore à lui parler.

Je vois Bob qui s'approche de Frank et ils discutent à voix basse. Je n'entends rien de ce qu'ils disent, et ça m'intrigue. Ils rient puis se serrent la main, comme s'ils avaient fait un marché.

Je sens, à leur regard, que ça me concerne. Ils ont parlé de moi, j'en suis certaine, et ça pique ma curiosité.

—*Ça a l'air drôle entre les gars. Je vais aller voir Frank pour en avoir le cœur net.*

—*Ok. Je vais en profiter pour aller aux toilettes et je vais aller jaser avec Bob après pour te laisser le champ libre.*

Je m'approche de Frank. Il me sourit encore.

—*Salut! Ça avait l'air drôle votre conversation, à Bob et toi.*

—*Pas tant que ça. C'est Bob qui m'a dit qu'une fille comme toi ne s'intéresserait jamais à un gars comme moi. Il a même parié 20$ que je ne réussirais pas à te raccompagner à la maison.*

—*Et si je te faisais gagner ces 20$? Qu'en penses-tu?*

Ça fait longtemps que je rêve d'attirer son attention, et j'y vois ici l'occasion parfaite pour me rapprocher de lui. Il a des cheveux courts, des yeux rieurs et un sourire absolument craquant. Il est vêtu d'un manteau de cuir et de jeans serrés. En plein mon genre. Il me fait penser à Scott Baio dans l'émission « Happy Days ».

—*T'es sûre? Tu ne dis pas ça juste pour faire chier Bob? T'es pas obligée, tu sais.*

Ça me fait rire.

—*Non, non, je dis ça parce que tu me plais, puis tu pourrais m'offrir une bière avec ces 20$-là.*

Il lève le bras en regardant vers le bar et montre sa bière en faisant un v avec ses doigts. Quelques minutes plus tard, Bob arrive avec les deux bières. Il me sourit.

— Si je comprends bien, je viens de perdre 20$. Tu me coûtes cher, toi.

Il dépose les bouteilles de bière sur la table et retourne près du bar où l'attend Martine.

Il a l'air content pour quelqu'un qui vient de perdre de l'argent, mais je repousse cette idée en prenant une gorgée de bière. Je n'aime pas le goût, mais j'aime l'effet que ça me fait. Ça fait plus « adulte ». Je ne me souviens plus de quoi nous avons parlé, mais Frank m'a offert une autre bière avant de proposer de me raccompagner. J'étais tellement contente qu'il veuille passer du temps seul avec moi.

Nous sortons du bar après ma deuxième bière avec Frank. C'est peut-être aussi la troisième ou la quatrième que je bois ce soir-là, et l'alcool réduit mes inhibitions. Trop concentrée sur Frank, je ne remarque pas que je me dirige tout droit dans un piège. Frank me dit en ouvrant la portière arrière :

— Si ça ne te dérange pas, on va aller reconduire Bob et Bruno avant que j'aille te reconduire. C'est Bob qui va conduire. Comme ça on va être tranquille en arrière.

Ils sont déjà dans la voiture. Je me sens mal de refuser un service à des amis, et comme le père de Martine est déjà venu la chercher, c'est le seul moyen que j'ai de me rendre chez moi. Il n'y a pas de taxi, et je me vois mal marcher plusieurs kilomètres en pleine noirceur.

— D'accord.

Les garçons sourient et Bob démarre la voiture.

Ils font quelques virages serrés avant de s'engager sur un petit chemin de terre que je ne connais pas. Ils entrent sur ce qui ressemble à un terrain vague, un champ au milieu de *nulle part, et arrêtent la voiture. Je n'aime pas ça, mais pas du tout.*

— Hey, les gars, qu'est-ce qu'on fait ici?

J'essaie, tant bien que mal, de rester calme. Mon corps se raidit et je sens une brûlure au niveau du plexus solaire. J'ai peur.

Bob me regarde dans le rétroviseur.

— On veut juste arrêter fumer un joint. Ce ne sera pas long. Ça te tente de fumer avec nous autres, non?

— OK.

Pendant que Bruno roule le joint, il me regarde et dit.

— Penses-tu sérieusement qu'on est ici juste pour fumer un joint? Me semble que t'es plus vite que ça, d'habitude.

— Bien oui, je ne vois pas pour quelle autre raison.

J'ai de plus en plus de difficulté à cacher ma peur. Je m'en veux d'avoir accepté de monter dans la voiture avec ces trois jeunes hommes. J'aurais dû quitter l'hôtel avec Martine quand son père est venu la chercher.

— Déshabille-toi.

— Les gars, je suis mineure.

— Si tu savais comme ça nous fait pas peur. Tu serais pas la première à avoir crié au viol ou au détournement de mineure dans le village, tu sauras. Pis tu sais que les agaces et les stools[2] sont pas bien vues au village.

— Non, je peux pas. Je... j'ai le sida.

Je sais, c'est ridicule, mais c'est la seule excuse qui m'est venue à ce moment-là.

— Ha ha! Bien, voyons. Essaie pas. Si tu coopères pas, on va te prendre de force. Dis-le, si c'est ça que tu veux.

---

[2] Stool : délateur

— Voyons les gars...

— T'es seule, on est trois. Enwèye, déniaise, ou on va se servir nous autres-mêmes.

Je dois penser vite. Je ne veux pas me faire violer ou battre, et je dois trouver une solution pour m'en sortir.

J'ai tout à coup une idée.

— OK, mais pas les trois en même temps quand même. Un à la fois.

— Par qui tu commences? Me demande Bruno, le joint au coin de la bouche.

— Frank. Il est déjà à côté de moi. Vous pouvez aller fumer dehors.

— Ouin, on va aller faire un petit feu en attendant.

Bob et Bruno sortent de la voiture. Je suis maintenant seule avec Frank. Je tente de négocier pour qu'il ne me touche pas.

— Come on, je ne peux pas faire ça, tu comprends? On n'est pas obligé de le dire aux autres.

— Je comprends que t'as pas de parole, pis que t'es rien qu'une agace.

Il détache son pantalon et prend ma main pour que je sente son érection. Je retire ma main, et essaie un dernier argument.

— Écoute, j'osais pas le dire tantôt, mais je suis menstruée.

— Tu peux pas me laisser comme ça. Fais quelque chose, ou j'appelle les gars en renfort, menstruée ou pas.

— OK, je peux te caresser d'abord.

— C'est pas assez. Suce-moi. Enwèye!

J'ai envie de pleurer et le cœur me lève. Même si je l'ai déjà fait à mon dernier amoureux, je ne veux pas faire ça là, sous la menace, mais j'ai tellement peur que les deux autres arrivent.

Je me penche donc et lui fais une fellation en espérant qu'il éjacule vite.

Aussitôt qu'il a joui, il me dit, moqueur.

— Ouin, t'as l'tour.

Je me retiens de pleurer. Je suis en colère. Je crie.

— Sors!

Il sort en riant, et Bruno le remplace, aussitôt.

Le même manège se répète avec lui et Bob qui rit de moi, me ridiculise. Lorsque j'ai fini avec ce dernier, il m'invite à sortir de l'auto.

— Viens fumer un joint avec nous autres. Ça va changer le goût. Ha ha!

Je sors et je fais de gros efforts pour ne pas pleurer. Je ne veux pas leur montrer qu'ils m'ont cassée, mais je me sens comme un déchet.

— T'es aussi cochonne que j'pensais. On fume notre joint pis Bob va aller te reconduire. Oublie pas, c'est ta parole contre la nôtre. Tu fermes ta gueule, pis t'auras pas de trouble.

Je ne me souviens pas qui l'a dit, mais je ne l'ai jamais oublié.

Dans la voiture avec Bob, alors qu'il me ramène chez moi, je tente de lui faire promettre de n'en parler à personne. Il ne dit rien pour me rassurer.

— Je ne peux rien te promettre. Tu sais comment on est, nous autres les hommes. On peut pas s'empêcher de se vanter de nos conquêtes. Pis toi, t'en es toute une. Ha ha!

— Vous m'avez menacée. Il est où le mérite?

— Ça, y'a personne qui le sait. Rappelle-toi, trois gars, une fille. T'as aucune marque, aucune preuve. On t'a pas forcée à embarquer dans l'auto avec nous autres.

Je panique et pense « Oh mon Dieu. Je suis finie… » Je garde le silence jusqu'à ce que j'arrive chez moi.

Bob coupe le moteur. Je descends de voiture sans le remercier et j'entre dans la maison en essayant de faire le moins de bruit possible. Heureusement, mes parents dorment. Ils savaient que je sortais avec Martine, et ne se faisaient pas de souci pour moi, il ne se passe rien de grave dans un petit village comme Bouchette.

Je me dépêche de me brosser les dents, de me gargariser et de me laver. Je me sens tellement sale. Je me rince la bouche plusieurs fois pour tenter de me débarrasser du goût de la trahison et de l'envie de vomir.

Je me couche et tente de dormir, mais je n'arrête pas de penser à ce qui vient de m'arriver. Qu'est-ce que je vais faire si tout le monde apprend ce que j'ai fait ?

J'essaie de me calmer. Je justifie leur geste. Au moins, ils ne m'ont pas fait mal. Ils ne m'ont pas battue ni forcée à subir une ou plusieurs pénétrations.

C'est en dedans que je suis blessée, que je me sens sale. J'ai tellement honte.

Je décide de ne jamais raconter ce qui m'est arrivé. Je vais garder ce secret pour moi et l'enfouir au plus profond de mon être. Je ne sais pas que ça me hantera pendant si longtemps.

Le weekend suivant, je vais au village avec mes amis. Personne ne fait d'allusion à ma mésaventure. Je suis soulagée.

Chapitre 3

— Franchement, ça fait plus de 30 ans de ça. Pourquoi est-ce que j'y pense encore? Ça ne fait aucun sens. Ça devrait être fini, mort et enterré.

Christelle referme son journal. Sa conscience, ainsi que ses nombreuses années de thérapie et de coaching lui rappellent que si ça l'affecte encore, c'est qu'elle n'a pas complètement oublié, qu'il lui reste une blessure à guérir.

Elle réalise que, même si elle a voulu taire et cacher cet événement, il revient la hanter encore parce qu'elle l'a refoulé et qu'elle a refusé d'y faire face.

Christelle est tout de même un peu soulagée que ce soit arrivé bien avant l'ère des téléphones intelligents, des photos et des films amateurs diffusés partout sur Internet. Elle ne croit pas qu'elle aurait survécu si ça avait été filmé et diffusé sur Internet comme on a vu trop souvent. Bien des réputations et des vies ont été détruites à cause de vidéos partagées sur les réseaux sociaux. Elle s'était sentie interpellée quand il y a eu la vague de publications sur les réseaux sociaux avec le mot-clé #AgressionNonDénoncée[3] l'an dernier, mais elle a gardé le silence.

---

[3] Mouvement précurseur du mouvement #metoo, #moiaussi de 2017

Christelle éteint la lampe, arrête la musique et va rincer sa tasse qu'elle dépose ensuite sur le comptoir. Elle fait couler un bain à la lavande, et se glisse dans l'eau jusqu'au cou. Elle ferme les yeux en soupirant.

La vue de Bruno lui a rappelé qu'elle se sent encore salie par la honte et la culpabilité qu'elle porte sur sa peau comme une fine couche de poussière collante.

Elle reste là pendant quelques minutes, se lave, et tend la main vers sa serviette qu'elle enroule autour de son corps en sortant de la baignoire.

Elle se démaquille et applique sa crème hydratante, puis se brosse les dents. Elle force un sourire devant sa réflexion.

— Tout va bien aller.

Christelle traverse ensuite dans la chambre à coucher, ouvre la lampe de chevet, applique son mélange d'huiles essentielles Clary Calm, un mélange conçu pour favoriser un sentiment de bien-être et d'équilibre, et glisse sous les draps. Elle prend son livre et lit quelques pages avant d'éteindre la lumière pour la nuit.

Elle récite ses mantras, puis se concentre sur sa respiration, le temps de s'endormir. Elle a commencé à utiliser cette technique quelques années auparavant, pour calmer les pensées anxieuses qui l'envahissent le soir, avant de dormir. Tous les « J'aurais dû » ou « J'aurais pu » de la journée qui vient de se terminer. Se concentrer sur sa respiration parvient habituellement à les faire taire, mais ce soir-là, ça ne fonctionne pas aussi rapidement. Elle doit répéter le processus quelques fois avant de s'endormir enfin.

Le lendemain matin, Christelle se réveille bien reposée. Elle a l'impression de ne pas avoir rêvé. C'est rare. Elle a l'habitude de s'amuser chaque matin à trouver la signification de ses rêves.

Elle s'étire, puis se lève pour préparer son premier café. Christelle adore l'odeur du café fraîchement moulu, et tout le processus de l'espresso et du lait mousseux qu'elle y ajoute. Ça fait partie de ses petits rituels matinaux. Elle ressent encore le besoin de prendre son journal et d'écrire les souvenirs qui remontent à la surface. Comme c'est dimanche, et jour de congé, elle décide qu'il vaut mieux en profiter pour sortir ces pensées de sa tête et les coucher sur papier, que de tenter encore de les refouler. Elle sait qu'elle risque de revivre des émotions assez fortes, et se dit qu'elle pourra rationaliser après, si nécessaire.

Mais avant, elle décide de se préparer un bon petit-déjeuner, et d'aller marcher un peu autour du quartier. Tant qu'à sortir, aussi bien en profiter pour rapporter les livres terminés à la bibliothèque qui se trouve à quelques centaines de mètres de chez elle.

Christelle dépose les livres au comptoir des retours, et se dirige vers la section de location des livres à succès. Elle prend le roman « Lit double » de Janette Bertrand, un livre qu'elle veut lire depuis sa sortie, et se dirige vers le comptoir des emprunts pour payer sa location.

Sur le chemin du retour, elle décide d'arrêter au Moca Loca pour acheter un wrap au poulet au cari qu'elle mangera plus tard et un grand thé matcha latte.

En entrant chez elle, Christelle réalise qu'elle était sortie sans son téléphone. Elle vérifie le journal des appels entrants. Sa mère a appelé pendant son absence et lui a laissé un message.

— Allô, ma grande fille, c'est Mom. Je voulais te remercier d'être venue hier pour ma fête. J'étais vraiment contente de te voir. J'ai fait diffuser les huiles que tu m'as données, et j'ai dormi comme un bébé. Ça sentait tellement bon. Écoute, t'avais l'air préoccupée hier. Tu sais qu'on peut rien cacher à sa mère, hein? Appelle-moi quand tu auras deux minutes. Je t'aime.

Christelle décide de la rappeler tout de suite.

— Allô Mom. C'est moi.

— Allô! Mon doux, t'étais pas loin. Je viens juste de t'appeler.

— J'étais juste sortie prendre l'air et j'en ai profité pour aller à la bibliothèque.

— Tu changes pas. Il me semble que t'as toujours eu un livre dans les mains depuis que t'as appris à lire. Puis, qu'est-ce que t'as choisi cette fois?

— « Lit double » de Janette Bertrand.

— Parait que c'est bien bon. Tu m'en donneras des nouvelles.

— Oui, sans faute. Écoute Mom, tout va bien. J'étais un peu surprise de voir Bruno au restaurant. Tu te rappelles qu'il ne m'aimait pas trop dans le temps.

— Oui, je m'en souviens, mais c'est de l'histoire ancienne ça. Est-ce qu'il t'a parlé avant que j'arrive?

— Non, j'avais juste l'impression qu'il parlait de moi et qu'il m'en voulait encore. Ça a fait remonter de vieux souvenirs pas trop agréables. Je vais mieux maintenant. Inquiète-toi pas.

— OK, si tu le dis. Bon, je prendrai pas plus de ton temps. J'imagine que tu dois avoir hâte de t'installer avec ton livre. Passe une belle journée ma fille. Merci encore pour hier.

— Toi aussi, Mom, passe une belle journée. Je t'aime.

— Je t'aime encore plus.

Et elle raccroche.

Christelle est reconnaissante d'avoir une aussi belle relation avec sa mère. Cette dernière lui a toujours fait confiance, et depuis le décès de son père, une vingtaine d'années plus tôt, elles se sont rapprochées et sont plus soudées que jamais. À part sa mère et ses amies, Christelle n'a personne d'autre dans sa vie depuis que Philippe n'est plus là.

Elle finit son thé et s'installe à nouveau dans son fauteuil avec son journal sur la table. Elle ferme les yeux, et prend quelques respirations profondes pour laisser les sentiments remonter. Elle empoigne son journal, son stylo, et commence à écrire comment elle se sent.

Christelle referme son journal une quinzaine de minutes plus tard. C'est clair qu'elle se sent coupable, responsable de ce qui lui est arrivé.

Elle se dit qu'elle aurait dû empêcher ce qui s'est passé en mai 1984. Elle aurait dû se battre, ou se sauver en courant.

Aujourd'hui en 2015, c'est considéré comme une agression sexuelle lorsqu'on oblige quelqu'un à commettre des actes sexuels, de quelque nature, sous la menace. À l'époque, les victimes n'osaient pas porter plainte, car elles étaient souvent accusées de l'avoir cherché. Christelle se sent d'autant plus responsable parce qu'elle est montée en voiture avec les jeunes hommes. Elle aurait dû se méfier.

Après cet événement, contrairement à d'autres qui auraient fui les hommes, Christelle a eu des aventures d'un soir, souvent après s'être saoulée, croyant que celles-ci passeraient inaperçues et ignorant que ça finirait par lui nuire encore plus. Pourtant, elle aurait dû se rappeler que tout finit par se savoir, surtout dans un petit village comme Bouchette. Même si personne ne lui en a parlé directement, elle sait qu'on la jugeait et qu'on parlait dans son dos.

Elle avait tellement besoin qu'on l'aime, et les quelques instants dans les bras d'un homme lui donnaient un sentiment de valeur et de pouvoir. Elle devait le reconnaître maintenant, mais elle n'aurait jamais osé l'avouer à l'époque.

Christelle ne jetait pas son dévolu sur des garçons de son âge, mais sur de jeunes hommes plus vieux de quelques années. Ce sont eux qui l'attiraient. Tout ça avait commencé avec un voisin alors qu'elle n'avait que 14 ans et qu'il en avait 17. Elle faisait tout pour attirer son attention jusqu'à ce qu'il se décide à l'embrasser, un certain soir d'été. Quelques mois plus tard, parce qu'elle voulait lui prouver son amour, Christelle s'est donnée à Maurice. Ils se sont fréquentés quelques années. Ça faisait plusieurs mois qu'ils n'étaient plus ensemble, quand l'agression s'est produite.

Tous les jeunes hommes qu'elle rencontrait se fichaient de son intelligence et de son humour. Moins elle parlait, mieux c'était. Ils étaient attirés par sa poitrine généreuse, et le fait qu'elle était une fille facile, après quelques verres. Ils la jetaient comme un mouchoir usé quand ils avaient fini avec elle. Elle disait que ça ne la dérangeait pas, et elle continuait à se donner, dans l'espoir qu'un d'entre eux finirait par rester. Elle disait préférer les durs à cuire, sous prétexte que les bons gars étaient ennuyants.

Christelle a mis plusieurs années à comprendre que son comportement était destructeur, et à contrôler sa consommation d'alcool.

Elle a fini par avoir des relations qui ont duré, mais avec des hommes qui avaient des dépendances à l'alcool ou aux drogues, et qui ne l'aimaient pas comme elle aurait voulu être aimée. Elle était dépendante affective et croyait qu'avec son amour, ils finiraient par changer.

Elle se souvient avoir lu le livre « Ces femmes qui aiment trop » dans lequel elle s'est reconnue. Elle finissait par faire fuir les hommes, parce que son amour était trop étouffant. Ils se lassaient de devoir constamment prouver leur amour. Jusqu'à ce qu'elle rencontre Philippe.

Chapitre 4

Je me souviens du jour où j'ai rencontré Philippe comme si c'était hier. Je me remémore régulièrement notre rencontre.

C'était l'été 1999 quand un ami m'a suggéré un site de rencontre sur Internet. Quelques mois plus tôt, j'avais mis fin à une relation de cinq ans avec un homme qui m'avait profondément déçue. J'étais tellement désabusée, que je ne voulais pas trouver un amoureux, mais la curiosité m'a poussée à me créer un compte. J'ai choisi pour surnom « Lakriss » pour créer mon profil, me disant que ça laissait un peu présager mon caractère avec humour.

« Jeune femme dans la trentaine, je cherche un ami pour faire de longues randonnées pédestres, aller au cinéma, au resto et au théâtre. »

Je n'ai pas mis de photo, mais j'ai quand même mis certains renseignements sur ma taille, la couleur de mes yeux et de mes cheveux. À l'époque, la photo n'était pas nécessaire, les membres du site avaient tous des pseudonymes, et j'imaginais que les photos devaient s'échanger plus tard.

À peine avais-je créé mon profil que je reçus un message d'un certain Eppilihp66. J'ai vite compris qu'il s'agissait de

Philippe né en 1966, à moins que ce soit un Philippe de 66 ans!
Oh non! J'avais peur d'être déçue.

Bonjour Christine, Christiane ou Christelle,
J'en déduis que c'est ton prénom d'après le surnom que
tu as choisi. Tu sauras me dire lequel plus précisément.
Ton profil m'intrigue et j'aimerais bien qu'on se
rencontre. J'habite aussi à Gatineau.
On pourrait se rencontrer dans un lieu neutre, à ton
choix, le temps de prendre un café, thé, ou autre, et faire plus
ample connaissance.
Qui sait, si nos atomes sont vraiment crochus, peut-être
voudrons-nous planifier une randonnée ou une sortie au
cinéma dans un avenir rapproché.
À bientôt j'espère,
Philippe, 33 ans (tu ne pensais quand même pas que
j'avais 66 ans!) ;-)

Déjà, je sentais que j'avais affaire à un homme assez brillant,
et ça me plaisait. Je lui ai confirmé que mon nom était bien
Christelle, et lui ai donné rendez-vous au petit café des
Galeries de Hull. Il ne pouvait y avoir plus neutre et plus
« public » comme endroit pour une première rencontre. Je lui
avais dit ce que je porterais, pour qu'il puisse me reconnaître
facilement, mais je ne savais absolument rien de lui.
En arrivant au comptoir, j'ai commandé un macchiato
au caramel. Il y avait un homme derrière moi dans la file. Il a
passé sa commande, et le barista nous a dit « Monsieur,
Madame, passez de ce côté ».

Je me suis retournée, et j'ai souri à l'homme derrière moi. Nous sommes passés de l'autre côté pour attendre nos breuvages.

J'ai pris mon café et je suis allée m'assoir à une table pour deux. Un homme s'approchait de ma table, j'ai levé la tête pour voir qui c'était.

— Philippe? C'est toi!

C'est l'homme qui était derrière moi dans la file. Il sourit, amusé, et me tend la main.

— Oui, c'est moi. Bonjour Christelle.

Et il s'est assis.

Nous avons discuté de tout et de rien pendant des heures ce jour-là. C'est long pour un « petit café », mais nous n'avions pas envie de nous quitter et nous voulions en savoir le plus possible sur l'autre. Il m'a raconté ses rêves et c'est une des nombreuses choses qui m'ont séduite chez lui. Il avait des rêves et des projets simples, alors que les hommes que j'avais fréquentés avant se contentaient de leur situation et n'avaient aucune ambition. Quand je lui parlais, j'avais l'impression qu'il s'intéressait vraiment à moi, à mon opinion.

Quand nous nous sommes séparés ce jour-là, nous avions fixé rendez-vous pour une randonnée pédestre le weekend suivant.

Nous ne nous sommes plus quittés depuis. Au fil des années, nous avons réalisé plusieurs de nos rêves personnels et de nos projets communs.

Philippe était différent des autres hommes que j'avais fréquentés avant. Doux, sensible, et doté d'un humour bien spécial que j'adorais, j'étais le centre de sa vie et il me le montrait chaque jour. Nous avions beaucoup d'intérêts en commun et c'est lui qui m'a encouragée à suivre ma formation de coach.

Oh, Philippe, comme tu me manques. Je sais que tu veilles sur moi, où que tu sois.

Chapitre 5

C'est en cherchant de nouvelles ressources pour assouvir son besoin de lire et d'évoluer un peu plus que Christelle a trouvé le site de Fabienne Dumont, coach personnelle et experte de la loi d'attraction. Elle lit les articles, regarde quelques vidéos, et tout de suite, elle aime le style de Fabienne, sa douceur, et sa simplicité. Christelle s'inscrit à son infolettre pour en apprendre plus, et décider si c'est vraiment la coach pour elle.

Dès le départ, elle est charmée. Elle participe aux différentes formations en ligne, ajoutant ainsi de nouveaux certificats à son diplôme de la Coach University.

Christelle apprécie beaucoup Fabienne, et elle rêve de l'avoir comme mentore et de se faire coacher en privé, plutôt qu'en groupe. Elle est certaine que Fabienne comprendra ce qu'elle vit, et saura la guider pour éliminer ce qui la bloque et l'empêche de passer au prochain niveau dans toutes les sphères de sa vie. Christelle sait qu'elle mérite ce qu'il y a de mieux, et elle sent qu'elle y arrivera avec un peu d'aide.

Coup de chance, Fabienne envoie une invitation pour une séance découverte avec elle, une conversation privée de 30 minutes, réservée à quelques privilégiés qui répondront à des critères bien précis. Christelle s'empresse de remplir le formulaire de candidature en souhaitant être choisie.

Elle attend quelques jours, puis, alors qu'elle se dit que Fabienne a probablement choisi d'autres personnes, elle reçoit un courriel de l'assistante de la coach qui la félicite et l'invite à réserver un rendez-vous dans le calendrier en ligne de l'entreprise.

Christelle est heureuse, car elle y voit un signe qu'elle a bien fait de soumettre sa candidature. Elle réserve un rendez-vous le plus rapidement possible, très tôt le matin, car Fabienne est en Europe. Elles se parleront par vidéoconférence.

Le matin de la séance découverte, Christelle est fébrile.

À l'heure convenue, elle clique sur le lien qu'on lui a fourni, et voit apparaître le doux visage souriant de Fabienne. Jeune cinquantaine comme Christelle, les cheveux châtain clair et les yeux verts, elle rayonne. Un sentiment de confiance envahit Christelle immédiatement, et elle sait que tout va bien se passer.

Elle répond aux questions de Fabienne.

— Qu'est-ce qui vous a décidé à vouloir me parler?

— Je vous suis depuis quelques années, j'ai participé à vos formations, et j'ai l'impression d'être bloquée, d'avoir atteint un plateau. Je me suis dit que vous pourriez m'aider à trouver ce que c'est, et à le débloquer pour que j'atteigne un autre niveau dans tous les aspects de ma vie.

— Qu'avez-vous déjà essayé?

— J'ai suivi toutes les formations que vous avez offertes, j'ai consulté un thérapeute, je pratique ce que j'ai appris dans les formations que j'ai suivies. Il me semble que ce n'est pas encore assez. Je n'arrive pas à trouver la clé pour défaire ce blocage, et je veux que ça change.

Puis, après quelques minutes de discussion, Fabienne lui présente enfin son programme de coaching privé comme solution. En s'inscrivant aujourd'hui, Christelle pourra participer à un séminaire de trois jours avec la coach à Annecy, en France. Sans hésiter, elle s'empresse de sortir sa carte de crédit pour assurer sa place.

Ça fait trop longtemps que cette situation dure, et maintenant que la solution se présente à elle, elle doit absolument la saisir.

Quelques heures après cette conversation déterminante, Christelle reçoit le lien pour se connecter à la zone client contenant toutes les ressources promises par Fabienne, et l'horaire de ses séances de coaching.

Elle qui aime apprendre et découvrir de nouveaux outils, elle est servie dans la zone réservée aux clients. Il y a des vidéos, des fichiers audios de Fabienne, et des documents en PDF qu'elle peut télécharger. Il y a même des liens vers des ressources sur d'autres sites, comme des vidéos sur YouTube et des suggestions de livres.

Christelle est aux anges, et se dit que c'est le meilleur investissement qu'elle ait pu faire.

Elle décide finalement de commencer par le document « Code secret de l'attraction ». Elle le télécharge, et commence à le lire en prenant des notes. Il y a des perles dans ce document qu'elle veut retenir.

Elle a vraiment hâte à sa première séance de coaching qui aura lieu la semaine prochaine.

— Bonjour Christelle! Je suis ravie de te retrouver pour notre première séance de coaching ensemble. As-tu eu la chance d'explorer la zone membre et de lire quelques-uns des documents que j'ai mis à ta disposition?

— Oui, merci Fabienne! C'est super. Je suis tellement contente de travailler avec toi. En même temps, j'ai un peu peur de ce qui s'en vient. J'ai commencé par le « Code secret de l'attraction ». J'ai pris des notes. J'ai un peu de difficulté à comprendre pourquoi et comment j'ai pu créer certaines situations dans ma jeunesse, mais bon. On est là pour ça, n'est-ce pas?

— Ne t'en fais pas. Même si j'ai un programme prévu pour toi, nous allons avancer à ton rythme. Il n'y a pas urgence. Tu es prête? Alors, commençons par discuter de tes réponses sur ton formulaire de préparation.

Tu mentionnes que tu as peur d'être visible et de réussir, car on risquerait de venir t'enlever ce succès. Peux-tu m'expliquer?

— Oui, quand j'ai rempli mon questionnaire, je pensais au souvenir douloureux d'un événement qui s'est produit lorsque j'étais jeune, et où on est venu gâcher mon bonheur. Je me dis qu'aujourd'hui, si je deviens trop visible et qu'on s'aperçoit que je réussis, quelqu'un viendra me l'enlever en montrant qu'en vérité, je ne le mérite pas.

Fabienne a l'air de réfléchir puis, après quelques secondes, elle dit doucement :

— Tu entends ce que tu me dis? Si une de tes clientes te disait ça, que lui répondrais-tu?

— Je dirais qu'elle a un méchant gros syndrome de l'imposteur! Ha ha! Je vois où tu veux en venir. Je crois ne pas mériter ce que j'ai créé, et les résultats que j'obtiens. Et c'est pour ça que j'ai peur qu'on vienne dire que je n'ai pas le droit à tout cela. Et à cause de ça, je m'empêche d'avancer.

— Oui, c'est cela. Et si tu les méritais les résultats, ce serait pour quelle raison? Quelles formations as-tu prises?

Christelle lève les yeux, comme pour fouiller dans sa mémoire, et elle commence à défiler ses diplômes.

— Hmmm, j'ai un diplôme collégial en Lettres, un diplôme universitaire en éducation, un diplôme de la Coach University, une certification de coach de la loi de l'attraction, un Niveau 2 en Reiki, et j'ai suivi toutes tes formations sur l'amour et l'abondance financière.

Fabienne sourit.

— Et avec tout ça, tu crois toujours que tu ne mérites pas de réussir?

— J'imagine que non. Que ce n'est pas assez, qu'il faut toujours que je fasse plus, pour mériter plus.

Pendant la séance de coaching, Fabienne aide Christelle à reformuler ses croyances limitantes en affirmations plus porteuses.

La fin de la séance approche. Fabienne commence à communiquer ses requêtes à Christelle pour leur prochaine rencontre.

— Pour la prochaine séance, j'aimerais que tu écrives dans ton journal au sujet de ce souvenir douloureux. Que s'est-il passé? Comment t'es-tu sentie à l'époque, et comment tu te sens aujourd'hui, en l'écrivant ?

— D'accord. J'écris régulièrement dans mon journal, ça ne devrait pas être si compliqué.

— Très bien. Souviens-toi que tu n'es pas obligée de me partager ce que tu écriras. Tu n'auras qu'à me faire un retour sur ton ressenti pendant et après l'exercice.

Quand l'écran de Zoom se referme, Christelle se lève et prépare une tisane à la menthe.

Elle s'installe à son ordinateur et vérifie ses courriels. Elle répond aux messages de ses clientes et aux questions de son adjointe virtuelle. Quel bonheur d'avoir trouvé cette perle qui s'occupe des tâches administratives de l'entreprise, pendant que Christelle se concentre sur son écriture et le coaching de ses clientes ! Les clientes apprécient l'adjointe pour sa douceur et sa réactivité, et Christelle l'adore.

Lorsqu'elle a terminé, elle décide d'aller marcher. C'est sa façon favorite de se détendre, et de faire le pont entre sa journée de travail et son temps personnel.

Elle enfile ses espadrilles, prend ses clés, et choisit d'emprunter les escaliers plutôt que l'ascenseur. Elle descend au rez-de-chaussée et en sortant de l'édifice, décide de faire ce qu'elle appelle « Le grand tour » en tournant à droite sur la rue Rouville. Elle se rend ensuite jusqu'au boulevard de l'Hôpital où elle tourne à droite. Elle marche jusqu'au boulevard St-René qu'elle suit jusqu'à la Montée Paiement qu'elle descend jusqu'au boulevard de la Cité pour fermer la boucle et revenir sur le boulevard La Gappe.

Cette longue marche de trois kilomètres lui permet aussi d'aérer son esprit. Elle pense à ce qu'elle va écrire dans son journal.

Lorsqu'elle arrive chez elle, c'est l'heure de préparer le repas. Elle opte pour un sauté de légumes au tofu qu'elle a fait mariner depuis la veille dans un peu de sauce soya avec du sirop d'érable, de l'ail haché et du gingembre frais râpé. Elle accompagnera le tout de riz au jasmin et d'un verre de vin blanc.

Elle écoute la station de radio rétro qui joue des chansons des années 1970, 1980 et 1990.

Quand elle entend les premières notes de « I like to move it » de Real 2 Real, elle se met à danser.

Christelle a le bonheur facile. Elle trouve de la joie dans les petites choses du quotidien, et faire la cuisine en fait partie. Même si elle est seule, elle dresse la table et choisit sa plus belle vaisselle. Celle avec des roses que lui a léguée sa belle-mère. En prenant l'assiette, Christelle a une pensée pour maman Thérèse, la mère de Philippe. C'était une femme douce et sans malice qu'elle a adorée et qui est partie un peu trop vite, après un AVC.

Christelle mange lentement, en silence, en savourant chaque bouchée. Il paraît que ça s'appelle manger en pleine conscience.

Une fois son repas terminé, elle fait la vaisselle et la range dans l'armoire. Elle prépare un thé et s'installe devant la télévision où elle regarde un épisode de la télésérie Grey's Anatomy sur Netflix.

Ensuite, elle va prendre un long bain moussant pour se détendre. Elle revient au salon, et s'installe dans son fauteuil favori avec une autre tisane pour commencer à écrire. Puis, ne pouvant écrire en silence, elle met un des rares disques compacts qu'il lui reste dans le lecteur. Elle choisit une compilation qui commence avec l'Adagio en G mineur de Remo Giatto, basée sur l'œuvre de Tomaso Albinoni.

Ce concerto pour violon l'émeut tellement, qu'elle reste figée sans écrire. Elle se dit d'abord que c'est un mauvais choix, ensuite elle décide qu'il n'y a pas de hasard si elle a choisi cette pièce musicale. Elle décide de se laisser transporter par les émotions qui montent, et d'écouter jusqu'au bout. Elle réussit à reprendre l'écriture lorsque commence le Concerto Silence de Beethoven. Le piano s'avère être un excellent choix pour se raconter. Les pièces de piano se suivent et Christelle écrit en prenant des pauses pour écouter le Canon en D de Pachelbel en pensant à sa première soirée en amoureux avec Philippe. Elle reprend son écriture lorsqu'elle entend la valse du printemps de Frédéric Chopin. Sa plume file au rythme de la musique. Elle raconte ses retrouvailles avec Patrick, un garçon qu'elle avait rencontré pour la première fois, l'été de ses 12 ans.

Chapitre 6

Nous sommes en 1985. Il fait beau. C'est l'été, et surtout, c'est ma fête et j'ai envie de célébrer. J'ai 18 ans aujourd'hui et je suis au terrain de camping près du Lac 31 milles, près de Bouchette.

Le propriétaire du terrain dirige un orchestre qui joue de la musique country pour le bonheur des campeurs, et le mien. Je danse et chante presque toutes les chansons que je connais par cœur.

J'ai l'impression d'avoir déjà vu le guitariste quelque part, mais je choisis de me concentrer sur ce qui se passe autour de moi.

Un autre beau garçon se tient près de moi et attire mon attention. J'ai vite oublié le guitariste. Nous discutons un peu ensemble et il m'invite à aller marcher sur la plage où nous serons plus tranquilles, me dit-il.

Je suis tellement flattée qu'un aussi beau garçon s'intéresse à moi, et qu'il souhaite ma présence. Je le suis sans hésiter.

Nous marchons un peu, puis, tout près d'une grande glissoire en bois, il me prend dans ses bras et m'embrasse. Il me caresse doucement. Sa main descend sur mes fesses, puis remonte à mes seins. *J'hésite. Il le sent et n'insiste pas. Il s'éloigne de moi rapidement. Ça m'étonne. Les autres gars auraient insisté et j'aurais probablement cédé.*

Il est déjà en marche vers l'orchestre. J'aurais tellement voulu que nous restions sur la plage.

Je le rejoins, mais il garde ses distances. Il ne me prend pas la main, ne m'embrasse pas devant les autres. C'est comme s'il ne me connaissait pas. Comme s'il ne s'était rien passé. Pourtant... J'essaie de me convaincre qu'il est peut-être gêné devant ses copains.

J'ignore alors que je ne le reverrai jamais. À le voir aller, j'aurais dû comprendre que je n'avais aucune importance pour lui.

Et pourtant, je continuerai à penser à lui pendant longtemps. Je reverrai sa photo presque 25 ans plus tard, lorsque nous préparerons la réunion des diplômés de 1984. Il a gradué la même année que moi. Je l'ignorais... J'ignorais beaucoup de choses à son sujet, comme le fait qu'il avait déjà quelqu'un dans sa vie à cette époque, et qu'il l'avait épousée quelques années plus tard.

Dans les semaines qui suivront, je penserai souvent au jeune homme de la plage. Au point de me ridiculiser en lui offrant une demande spéciale à la radio communautaire, la chanson « Souvenirs » de Francesca. Et si je me rappelle bien, je ne l'ai pas fait qu'une fois... mais plusieurs fois.

« Je me souviens, on s'est connus un soir d'été seuls sur le sable. Je le revois tout près de moi, un doux sourire sur son visage... ».

Comme c'était pathétique!

Puis, j'ai fini par comprendre que je n'étais rien pour lui et j'ai décidé de continuer à vivre et m'amuser. J'ai recommencé à fréquenter les bars de Bouchette.

Depuis quelque temps, il y a un orchestre différent à l'hôtel Le Canadien chaque samedi. J'en profite alors pour danser et chanter, ce que j'aime faire le plus au monde lorsque je n'ai pas le nez plongé dans un bouquin.

Un weekend, c'est au tour de l'orchestre du terrain de camping d'animer la soirée. Encore une fois, je ne peux me défaire de l'impression de connaître le guitariste. Je le mentionne à ma mère, venue écouter l'orchestre avec moi, car elle connaît Joe, le batteur et gérant du groupe.

— Mom, le guitariste ressemble à quelqu'un que je connais. Si je pouvais savoir son nom, j'en aurais le cœur net.

Puis, comme si le batteur et chef d'orchestre avait entendu ma demande, il présenta ses musiciens.

« ... Et à la guitare, Patrick Martineau! ».

— Bien oui, me semblait aussi! Tu te souviens quand j'ai suivi mon cours de chant à l'école d'été de mes 12 ans? Patrick suivait des cours de guitare à la même école, et on s'est fréquentés un peu. C'était mon premier petit chum. J'avais eu tellement de peine quand le cours s'est terminé et que j'ai dû revenir à la maison.

— Va le voir ma fille. Tout à coup, il se souvient de toi.

Comme l'orchestre vient tout juste de commencer sa pause, j'en profite pour aller voir le guitariste.

— Excuse-moi Patrick. Est-ce que je peux te parler quelques minutes?

Patrick regarde ses amis, puis m'invite à discuter un peu à l'écart du groupe. Il me sourit.

— Oui, qu'est-ce que je peux faire pour toi?

— Je ne sais pas si tu te souviens de moi, ça fait longtemps de ça. Je suis Christelle Talbot. J'étais en chant à l'école d'été quand tu suivais tes cours de guitare. On a passé beaucoup de temps ensemble, là-bas.

— Hein? Wow! Je n'aurais jamais pensé que je reverrais ma première blonde un jour! Ha ha! Qu'est-ce que tu fais de bon? As-tu un chum?

Je ris. Je suis vraiment surprise de sa réaction. Je ne m'attendais pas à autant d'enthousiasme de sa part.

— Heu... non, j'ai personne dans ma vie. Pour l'instant, je ne fais pas grand-chose. Je prends une pause depuis la fin de mon secondaire, mais je pense retourner aux études à Gatineau, je n'ai rien décidé encore. Et toi, qu'est-ce que tu fais la semaine, quand tu ne joues pas de la guitare?

— Oh moi, je suis entre deux emplois en ce moment. J'en profite pour pratiquer de nouvelles chansons pour le groupe. Qu'est-ce que tu dirais qu'on se revoit? Veux-tu me donner ton numéro de téléphone? Je t'appellerai cette semaine, puis on organisera quelque chose ensemble.

Je fouille dans mon sac à main et déniche un paquet d'allumettes sur lequel j'écris mon numéro de téléphone. Je sais, ça fait cliché, mais je fumais à l'époque, et c'est comme ça que ça s'est passé. Je lui tends le bout de carton.

— Tiens, j'attendrai ton appel.

La pause tire à sa fin et Patrick doit retourner jouer.

Il vient discuter avec ma mère et moi à chaque pause durant la soirée. Ma mère aime beaucoup l'humour de Patrick et elle trouve qu'il a l'air d'un bon garçon.

Ce soir-là, je m'endormirai en pensant à Patrick et à tous les possibles... Et si c'était le bon? Après tout, il a été mon *premier petit copain, et aujourd'hui je le retrouve. C'est peut-être un signe.*

Comme promis, quelques jours plus tard, Patrick m'appelle. J'ai à peine le temps de lui dire bonjour qu'il commence :

— Salut! Comment vas-tu? Es-tu libre demain après-midi? Mon beau-père me prêterait le camion et je pourrais aller te chercher. On va pratiquer, l'orchestre et moi, dans mon sous-sol et j'aimerais ça te revoir.

J'ai l'impression qu'il s'est pratiqué avant de m'appeler. Je me retiens de rire.

— Oui, bien sûr. Je suis libre. À quelle heure?

— Vers 13 h, ça te va?

— Oui, je serai prête. À demain.

Je me retourne vers ma mère qui est juste à côté de moi.

— Woo hou! Il vient de m'inviter à une pratique avec l'orchestre demain. Je n'aurais jamais pensé qu'il m'appellerait.

— Il m'a l'air d'un bon gars, et il avait l'air sincère samedi quand il a dit qu'il était content de te revoir. Je vous souhaite que ça marche.

— Oh Mom! Moi aussi! Moi aussi!

Puis, tout à coup, je panique.

— Mais qu'est-ce que je vais mettre?

— Va voir dans ta garde-robe, et profites-en pour faire du lavage si ce que tu veux porter n'est pas propre.

Je m'en vais dans ma chambre en dansant. J'ai un rendez-vous demain avec un musicien.

Le lendemain, comme prévu, Patrick arrive au volant d'une grosse camionnette laide. Je sors le rejoindre. On est loin de la voiture de l'année, mais je suis tellement contente de ce rendez-vous que j'affiche mon plus grand sourire lorsque je vois Patrick sortir pour m'ouvrir la portière. Quelle galanterie!

Lorsque nous arrivons chez Patrick, ou plutôt chez ses parents, il n'y a personne.

— On est seuls. Ma mère est partie en ville chez ma tante pour quelques jours.

Il s'approche pour m'embrasser doucement en me serrant dans ses bras.

— Camille et Charles vont arriver dans une trentaine de minutes. Qu'est-ce que tu dirais qu'on descende au sous-sol? Je vais te montrer notre coin de pratique.

— Oui, pourquoi pas?

Nous descendons dans la grande salle familiale, et Patrick va mettre un disque sur la table tournante pendant que je prends place sur le divan. Je ne suis pas surprise d'entendre les premières notes d'une chanson country, puisque c'est le genre de musique que l'orchestre de Patrick joue.

Il revient s'assoir à côté de moi en plaçant un bras autour de mes épaules pour m'attirer contre lui. Il recommence à m'embrasser tendrement. Il recule et dit :

— Je suis vraiment content que tu m'aies reconnu et que tu sois venue me parler samedi. Ça va sembler un peu bizarre, mais j'ai longtemps pensé à toi. Je me demandais ce que tu devenais, si je te reverrais un jour.

Nous continuons à nous embrasser longuement. Puis, j'entends quelqu'un tousser tout près. Je m'écarte rapidement de Patrick.

— Ouin, vous perdez pas de temps les tourtereaux. La chambre est en haut si vous voulez plus d'intimité.

C'est Charles, le bassiste. Il rit. La fille qui l'accompagne n'est pas contente.

— Arrête donc de niaiser. Tu vois bien qu'elle est pas à l'aise. Salut! Moi c'est Camille, la chanteuse du groupe.

Je serre la main de Camille en souriant.

— Salut! Moi c'est Christelle. Je vous ai entendus à Bouchette.

— C'est vrai! C'est là qu'on s'est vues. Comme ça t'es la première blonde de Patrick. Il était bien énervé de nous raconter ça.

Patrick rougit, se lève pour prendre sa guitare.

— Bon, on la fait-tu cette pratique-là? J'ai pratiqué la chanson de Georges Hamel et j'aimerais ça qu'on soit prêt pour samedi prochain.

Le trio pratique cette chanson et plusieurs autres devant leur unique spectatrice qui chantonne avec eux quand je connais les paroles. J'ai tellement de plaisir, que je ne vois pas le temps passer.

Nous soupons ensemble tous les quatre, et Patrick me raccompagne.

Arrivée chez moi, Patrick coupe le moteur et se penche pour m'embrasser.

— Merci Patrick. J'ai passé une belle journée. C'est le fun de vous écouter pratiquer.

— Je vais revenir te chercher vendredi et tu pourras nous voir jouer pour vrai.

Il hésite un peu avant de poursuivre.

— Ma mère sera encore en ville. Ça te dirait de rester coucher vendredi soir?

Je suis étonnée, je ne sais pas trop quoi répondre.

— O... OK.

Je sors de la camionnette et Patrick fait le tour du véhicule en courant pour me rejoindre. Il me prend dans ses bras et m'embrasse encore, longtemps, puis, il recule un peu.

— Au revoir ma belle. Dors bien.

Je voudrais que ça dure encore longtemps et me console en me disant que je le reverrai vendredi.

Lorsque je rentre dans la maison, ma mère m'attend en souriant.

— C'était toute une étreinte ça ma fille! J'imagine que tu vas le revoir?

— Oui, vendredi, et il m'a invitée à rester chez lui ce weekend-là.

Je suis presque certaine que j'ai des étoiles dans les yeux.

Je suis déjà prête lorsque Patrick stationne la camionnette devant la maison le vendredi après-midi. Je me dépêche de sortir en criant.

— Bye Mom! À dimanche!

— Bye! Amuse-toi bien.

Patrick m'attend debout du côté passager pour m'accueillir en m'embrassant avant de m'ouvrir la portière.

— Allo, ma belle, tu m'as manqué. On va aller souper chez Maniwaki Pizza avec Camille et Charles si ça te dérange pas. Ils nous attendent chez Éric, le batteur qui remplace Joe. Il va souper avec nous autres.

— OK, pas de problème.

Nous montons dans la camionnette et Patrick me tient la main pendant tout le trajet. Je me demande si je suis en amour. En tout cas, je me sens bien et je voudrais que ce moment ne s'arrête jamais.

Lorsque nous arrivons chez Éric, Camille et Charles mangent des biscuits à la guimauve, des Whippets. Éric n'a tellement pas le tour de les manger qu'il échappe des morceaux de la coquille chocolatée sur son t-shirt blanc. Je le regarde les engloutir et me retiens de grimacer de dégoût. Patrick le taquine.

— Arrête de manger des biscuits. T'auras plus de place pour la pizza.

— Miam mpff... j'ai toujours de la place pour de la pizza, tu sais bien.

Camille lève les yeux au ciel.

— Ah! Tu m'écœures. T'iras te changer de t-shirt, il est plein de taches de chocolat.

Éric se lève et fait une grimace à Camille en se dirigeant vers sa chambre. Il revient après s'être changé.

— Bon, là, t'es contente? On va-tu souper? Le spectacle commence à neuf heures, pis on n'est pas encore installé, pis on doit faire nos tests de son.

— OK, allons-y.

Comme le restaurant est situé juste en face, nous n'avons qu'à traverser pour aller souper.

Pendant le repas, les garçons font les clowns et taquinent la serveuse. Bonne joueuse, elle rit avec nous.

Vite après avoir mangé, nous retraversons la rue, et montons dans la camionnette pour nous rendre au bar où l'orchestre se donne en spectacle. C'est Patrick qui conduit. Éric, Camille et Charles sont assis derrière, et derrière eux, il y a les instruments musique. La batterie de Joe sur laquelle Éric jouera est déjà à l'hôtel.

Je passe une soirée magnifique à écouter l'orchestre et à chanter, assise seule à ma table, en regardant mon homme jouer de la guitare. Une vraie groupie! Il vient me rejoindre pendant les pauses.

À la fin de la soirée, nous chargeons la camionnette en laissant la batterie et les consoles, car le groupe a un autre spectacle le lendemain.

Nous raccompagnons Éric, Camille et Charles chez eux, puis nous rentrons chez Patrick.

Je me sens un peu gênée, car je sais que je passerai la nuit avec lui. Il ne semble pas trop pressé, et ça me rassure. Ce n'est pas ma première fois, mais c'est la première fois avec lui. Je vais prendre ma douche et mettre ma nuisette, choisie pour l'occasion. Elle est en satin rouge avec de la dentelle au niveau du décolleté, qui est assez plongeant. Quand je sors de la salle de bains, Patrick me regarde et siffle.

— Wow! T'es tellement belle. Tout ça pour moi? Viens, approche.

Il me prend la main.

Il m'amène dans sa chambre, me couche doucement sur le lit en continuant de m'embrasser, tout en tentant de se dévêtir. Ça ne se passe pas comme dans les films, et nous rions un peu quand il se retrouve coincé avec son pantalon aux chevilles qu'il tente d'enlever sans se servir de ses mains. Il me lâche quelques secondes, puis reviens sur moi, tout doucement, en me caressant.

Il me fait l'amour avec tendresse, et je me sens bien. Je m'endors la tête sur son épaule.

Le lendemain matin, nous nous réveillons en entendant du bruit dans la maison.

— *Oh merde! C'est ma mère. Elle est revenue plus tôt. Habille-toi je vais aller la voir. Je reviens te chercher.*

Trop tard, la porte s'ouvre.

— *Allô, Patrick, on est revenu plus vite pour pouvoir aller au spectacle ce soir.*

— *A-allô M'man. Je te présente Christelle.*

Je me sens fondre de honte. J'ai envie de me cacher sous la couverture.

Elle me regarde en plissant les yeux et en pinçant les lèvres. Elle a vraiment l'air fâchée.

— *Allô. Bon, habillez-vous. Je vous attends dans la cuisine.*

Je me sens comme une enfant prise en faute. C'est clair qu'elle n'est pas contente que son fils ait amené une fille coucher dans sa maison pendant son absence.

— *Je pense que ta mère n'est pas contente.*

Patrick m'embrasse rapidement.

— *Inquiète-toi pas. Elle est surprise, c'est tout. Tu vas voir, elle s'apprivoise vite.*

Nous nous habillons en vitesse, je me coiffe rapidement, et nous sortons de la chambre ensemble. Patrick me tire une chaise et m'invite à m'assoir pendant qu'il va nous servir un café.

— *Je m'appelle Margot et, comme t'as pu voir, je suis la mère de Patrick. Tu viens d'où, Christelle? Comment vous êtes-vous rencontrés?*

— *Maman, tu le sais où on s'est rencontrés. Je te l'ai raconté. C'est la fille que je fréquentais pendant l'école d'été quand j'avais 13 ans.*

— *T'as 19 ans aujourd'hui puis vous avez renoué vite comme ça?*

Cette femme m'intimide trop. Je n'ose pas répondre, de peur de faire une gaffe. Je laisse Patrick discuter avec sa mère.

La relation avec ma belle-mère commence plutôt mal, et je sens qu'elle fera tout pour me faire comprendre que je ne suis pas assez bien pour son fils. Le temps saura me donner raison.

Quelques semaines plus tard, le groupe joue encore à l'hôtel Le Canadien de Bouchette. Comme j'habite à quelques kilomètres, je me rendrai par mes propres moyens. J'ai dit à Patrick qu'il n'avait pas besoin de venir me chercher.

J'ai hâte de le revoir, car je ne l'ai pas vu de toute la semaine, et je m'ennuie quand nous ne sommes pas ensemble. Les conversations téléphoniques sont brèves et insuffisantes pour moi.

Quand j'arrive, les musiciens sont en plein processus d'installation. Je me trouve une table près de la porte en attendant.

La porte est ouverte. Je vois Margot, la mère de Patrick, qui discute avec Bruno. Elle n'a pas l'air d'aimer ce qu'il lui raconte, et me fixe intensément. J'ai l'impression de voir des flammes dans ses yeux. Je me dis que ce n'est pas nouveau. Elle ne m'a jamais aimée, ça ne peut pas être pire.

Je me trompais. C'était vraiment pire.

Peu de temps après, Bruno la quitte, et elle vient me voir. Elle me demande de sortir avec elle parce qu'elle veut me parler.

— *Tu as vu à qui je parlais?*

— Oui, vous parliez à Bruno. Et puis, en quoi est-ce que ça me concerne?

— C'est ça. Il se trouve que c'est un ami de la famille en qui j'ai pleinement confiance, et il m'a parlé de toi. T'as toute une réputation, ça l'air.

— Ah bon?

Je feins l'ignorance, mais je sais que Bruno ne m'aime pas. Ça n'augure rien de bon.

— Oui, il m'a dit que Patrick devrait faire attention parce qu'il n'y a que le train qui n'est pas passé sur toi. Que tu couches avec n'importe qui.

Je suis sous le choc. Je ne sais pas trop quoi répondre pour me défendre, alors je fais ma comique.

—Nah! Le train passe même pas à Bouchette.

Voyant qu'elle ne me trouve pas drôle, j'enchaîne.

— Il exagère. Et puis, mon passé n'a rien à voir avec ma relation d'aujourd'hui avec Patrick. Que je sache, c'est lui que je fréquente, pas vous, et je suis fidèle à votre fils.

— Je veux juste te prévenir que je vais parler à mon fils, et s'il sait ce qu'il y a de mieux pour lui, il va te sacrer là assez vite, merci. Ce serait tellement plus simple si c'était toi qui le quittais.

— Il n'en est pas question. On verra bien ce que Patrick décidera.

Je suis hors de moi. Et en même temps, je sais que Bruno veut se venger de moi. J'ai toujours été froide avec lui après l'agression, deux ans plus tôt. Il m'avait dit qu'il me ferait un jour payer mon attitude à son égard. C'est vrai qu'il exagère. Si je soustrais mes trois agresseurs, il n'y a eu que deux autres garçons du village avec qui j'ai eu une aventure.

Inutile de me justifier, pour Margot, ce serait déjà deux de trop.

Il vient de trouver l'occasion parfaite de me blesser. Il doit voir que j'aime Patrick et selon lui, je n'ai pas le droit d'être heureuse.

Je pensais que Patrick tiendrait tête à sa mère. J'avais tort.

Le reste de la soirée, Patrick est un peu distant, préoccupé. Je sens que sa mère lui a déjà parlé, et que ce qu'il a appris l'a vraiment secoué. J'ai l'impression qu'il essaie de le cacher pour ne pas avoir à en discuter immédiatement et risquer que je pleure ou que je fasse une scène devant les autres.

Je quitte l'hôtel ce soir-là en lui faisant promettre de m'appeler le lendemain. Ma mère sent que quelque chose ne va pas, mais elle n'ose pas me le demander.

Il ne m'appelle que trois jours plus tard, et je me doute déjà de ce qu'il va me dire, avant même qu'il commence à parler.

— Écoute, Christelle. Ma mère m'a raconté ce que Bruno lui a dit, et on ne peut plus continuer à se fréquenter.

— Bien, voyons! Mon passé n'a rien à voir avec nous deux. Je t'aime, et je te suis fidèle. Tu savais que j'avais fréquenté d'autres hommes avant toi et ça ne t'a pas dérangé, il me semble.

— Je ne savais pas que c'était autant. Bruno a dit qu'il n'y a que le train qui n'est pas passé sur toi, et je choisis de le croire. Ma mère lui fait confiance. J'aurai l'air de quoi si je continue de te fréquenter? Le monde est petit, Christelle. Tout finit par se savoir, et je n'ai pas envie de passer pour un idiot.

— *Bien c'est ça. Retourne sous les jupes de ta Maman.*
Bye!

Et je raccroche avant de me mettre à pleurer. Je ne veux pas qu'il m'entende, qu'il sache à quel point ça me fait de la peine.

Ma vie est gâchée à cause d'une erreur de jeunesse. J'en veux à Bruno, à Margot, et je m'en veux à moi, aussi. J'ai tellement honte! Quand j'y repense aujourd'hui, je sens encore la honte me nouer l'estomac.

J'ai retrouvé mon cahier renfermant les poèmes que j'écris depuis mon adolescence.

Je suis frappée par la dureté de ce texte écrit après la rupture avec Patrick.

Tu voudrais te sauver
Et ne plus revenir
Tu ne veux plus penser
Tu voudrais mourir

Tu voudrais pleurer
Pour arrêter de souffrir
Les larmes vont partir
La souffrance va rester

On t'a trahi
On t'a salie
On t'a traînée dans la boue
Et ce jusqu'au cou

Tu voudrais les punir
Et après t'enfuir
Qu'est-ce que ça donnerait
Tu ne te le pardonnerais jamais

Tu dois rester dans ton coin
Essayer de ne penser à rien
Tu verras un jour
Tu vivras dans l'amour

J'avais tellement mal à cette époque. Je suis triste pour cette jeune femme qui a écrit « Tu voudrais mourir », la Christelle de 18 ans. Je réalise que j'écrivais souvent que je voulais cesser de souffrir, que j'avais le goût de mourir. Je doute que ce soit simplement pour la rime. J'étais blessée, mais je n'osais en parler à personne. Encore la honte... et la peur du rejet.

Si cette jeune femme blessée était devant moi, je la prendrais dans mes bras. Je lui dirais qu'elle est belle, intelligente, et qu'elle ne doit plus s'en faire avec ce que les autres pensent. Qu'elle doit penser à elle, à ce qui lui fait vraiment envie.

Chapitre 7

Les retours dans le passé ont beau être douloureux, Christelle sait que c'est une bonne chose que Patrick ne soit plus dans sa vie. Elle y trouve un certain réconfort, et ça l'amuse de penser à ce qu'aurait été sa vie s'il ne l'avait pas quittée.

Elle aurait probablement cessé ses études et aurait cherché un emploi dans la Haute-Gatineau. Elle aurait pu être secrétaire ou serveuse. Puis, ils auraient eu des enfants et elle aurait été coincée dans ce coin de pays qu'elle aime pour les vacances, mais pas assez pour y vivre à long terme. Elle a besoin de l'anonymat de la ville, et puis ils auraient probablement fini par divorcer, de toute façon.

Aujourd'hui, sa vie est complètement différente. Christelle est une femme d'affaires brillante et inspirante. Elle coache d'autres femmes qui souhaitent réussir leur vie et leur entreprise. Elle a aussi écrit quelques livres de développement personnel qui ont eu un certain succès auprès des femmes.

Elle voyage régulièrement, et possède son magnifique condo, bien situé et décoré à son goût.

Non, elle n'aurait sans doute pas été heureuse si Bruno ne l'avait pas trahie en dévoilant une partie de son passé à Margot. Il lui arrive parfois de penser à Patrick. Elle se demande ce qu'il est devenu. C'est clair qu'un jeune homme qui laisse sa mère diriger sa vie manque un peu de colonne, et Christelle aurait fini par s'ennuyer avec lui. Ils étaient tellement différents.

Patrick était bien dans sa petite routine, alors que Christelle aime apprendre et s'inscrit à toutes sortes de formations qui l'aident à mieux se comprendre et à comprendre les autres. Ses nombreuses formations l'aident aussi à mieux servir ses clientes.

Elle est de celles qui ont vu le documentaire « Le Secret » sur la loi de l'attraction, et elle se passionne pour ce modèle de pensée. Elle croit qu'on attire ce qu'on vibre, et surveille ses pensées et ses paroles. Cependant, elle ne croit pas qu'on puisse attirer l'amour, l'abondance ou le succès en restant assis à méditer ou à visualiser. Christelle est une femme d'action. Elle a vite compris que c'est en surmontant ses peurs qu'on obtient la vie que l'on souhaite.

Christelle s'installe à l'ordinateur pour sa séance de coaching. Elle met ses écouteurs et clique sur le lien de la visioconférence.

Quelques secondes passent, et Fabienne apparait à l'écran, souriante comme d'habitude.

— Bonjour Christelle! Comment vas-tu aujourd'hui?

— Très bien merci.

— J'ai reçu ton formulaire de préparation et, si tu permets, nous allons en discuter.

— Oui, bien sûr.

— Tu racontes dans ton document que ton accomplissement a été de coucher sur papier ton ressenti lorsqu'on t'a enlevé ton bonheur. Veux-tu m'en parler un peu ? De quel bonheur s'agit-il?

— Oui, je peux bien. Ne sois pas surprise si je pleure. La plaie a été rouverte, et c'est encore sensible quand j'y pense.

— Vas-y. Sens-toi bien à l'aise. Les larmes sont simplement un signe que tu es assez confortable pour te laisser aller et ne me dérangent pas du tout.

— Quand j'avais 18 ans, j'ai retrouvé un jeune homme que j'avais brièvement fréquenté pendant un camp de vacances musical...

Christelle fait ensuite un résumé de ce qu'elle a écrit dans son journal en tentant de rester calme, de ne pas pleurer.

— En écrivant, j'ai senti remonter les mêmes émotions que j'avais ressenties. J'ai même retrouvé un poème que j'avais écrit à l'époque.

— Et comment t'es-tu sentie en relisant ce poème?

— Je ressentais de la compassion pour la jeune femme qui a rédigé ces lignes. J'étais détachée, mais en même temps, j'avais envie de la prendre dans mes bras et de lui dire qu'elle a raison de terminer avec « Tu verras un jour, tu vivras dans l'amour », parce que c'est ce qui s'est passé. J'ai rencontré Philippe, et nous avons vécu dans l'amour pendant près de 15 ans. Je ne comprends pas pourquoi la rencontre avec Bruno est venue me bouleverser autant, et pourquoi je reste bloquée par la peur qu'on m'enlève encore ce que j'ai de plus cher. En ce moment, à part mon petit groupe d'amies et mon entreprise, je n'ai pas grand-chose qui me tient tant à cœur.

— Hmmm, je vois. Que dirais-tu d'écrire une lettre à cette jeune femme où tu la rassures et lui expliques plus en détails ce que tu viens de me raconter?

Christelle prend des notes.

— Oh oui, bonne idée. Je pense que ça pourrait être intéressant comme processus de réflexion. Je l'ai noté. Je l'aurai fait d'ici notre prochaine séance de coaching.

— Tu m'as aussi dit que tu as peur qu'on t'enlève ce que tu as de plus cher. As-tu l'impression que la mort de Philippe est une autre occasion où on t'a enlevé ce que tu avais de plus cher?

Christelle est soudainement émue. Elle n'avait pas fait le lien.

— Je n'avais pas pensé à ça. C'est vrai que Philippe n'est mort que l'année dernière, et que j'ai encore beaucoup de peine quand je pense à lui. Sa mort a été subite et au début, j'avais de la colère envers lui et envers la vie, Dieu, peu importe, de me l'avoir enlevé. La rencontre avec Bruno il y a quelques semaines a ravivé plusieurs blessures aussi, même celle-là, à ce que je vois.

Elle comprend enfin pourquoi elle était aussi bouleversée alors qu'il ne s'était vraiment rien passé de grave à l'anniversaire de sa mère. La blessure causée par la perte de son mari est encore assez vive. La présence de Bruno a simplement été une petite étincelle qui a rallumé le feu de la colère qui dormait en elle. C'est tout à fait possible qu'il ne se souvienne même plus des événements, et ce qu'elle a pris pour de l'animosité à son égard n'avait peut-être aucun lien avec elle.

Elles continuent à discuter de l'impact de cette blessure dans le travail de Christelle, dans sa relation avec ses clientes, et son marketing. La conversation tourne encore autour de son syndrome de l'imposteur qu'elle a vraiment hâte de surmonter.

Après la séance de coaching avec Fabienne, Christelle décide d'aller marcher pour s'aérer l'esprit avant d'écrire sa lettre à la jeune Christelle.

Puis, en revenant de marcher, elle décide de faire du ménage. Pendant qu'elle déplace des bibelots sur une étagère qu'elle veut épousseter, elle éclate de rire.

— Ha ha! Je ne veux vraiment pas m'assoir et l'écrire cette lettre. Je fais du ménage, alors que je déteste ça pour mourir. Eh bien, je suis la reine de la procrastination aujourd'hui. Mais pourquoi je fuis l'écriture de cette lettre? Au pire, je vais pleurer. Ce ne serait pas nouveau.

Elle remet les bibelots à leur place, range son chiffon, et se sert un verre de vin. Puis, elle sort son plus beau papier et son stylo à encre mauve, sa couleur préférée, pour écrire sa lettre. Elle s'installe au bout de la table, et regarde dehors, le temps de trouver un peu d'inspiration.

Chapitre 8
Lettre à la jeune Christelle

Ma chère Christelle,

Je t'écris aujourd'hui parce que je sens que tu as besoin de réconfort, et que je suis la meilleure personne pour te consoler, et faire en sorte que tu te sentes mieux.

Je sais que tu as honte, que tu te sens coupable, et que tu n'arrêtes pas de te dire « Et si j'avais fait ceci... au lieu de cela... ça ne serait pas arrivé. »

Vois-tu, je sais tout ce que tu as vécu, parce que je suis passée par là. Je veux que tu saches que ce qui s'est passé le soir de ton agression n'est pas ta faute. Tu n'étais encore qu'une adolescente alors qu'ils étaient trois hommes adultes. Ils savaient que ce qu'ils te faisaient faire n'était pas bien, mais ils avaient besoin d'assouvir leur besoin de s'amuser, aux dépens de quelqu'un d'autre. Ils avaient besoin de te diminuer, de te contrôler pour se sentir valorisés.

Plus tard, tu t'en voudras d'avoir été une fille facile. Nous savons cependant toutes les deux que ce n'était pas pour satisfaire un besoin de sexe, mais plutôt un besoin de te sentir en contrôle pour ne pas être blessée et, jusqu'à un certain point, te sentir aimée. Tu réaliseras que tu n'as pas besoin de faire ça. Il y a des hommes bons dans ce monde qui peuvent t'aimer pour qui tu es, une femme intelligente, dotée d'un merveilleux sens de l'humour et d'une grande sensibilité.

Tu vivras plusieurs grosses déceptions avant de comprendre ça et de faire de meilleurs choix pour toi. Je ne peux pas t'empêcher de les vivre, ces déceptions. Ça fait partie de ton évolution, mais sache que tu t'en remettras, même si au début tu en perdras le sommeil. C'est normal avec ta grande sensibilité, tu ne veux pas décevoir tes parents, tes amis. Tu penses que s'ils savaient comme tu es une mauvaise fille, ça leur ferait de la peine, qu'ils ne t'aimeraient plus. Tu es une bonne fille, et tu mérites d'être aimée.

Les apprentissages que tu feras ne seront pas uniquement liés aux hommes et à ta relation avec eux. Tu rencontreras ton lot de personnes toxiques qui ajouteront à ta culpabilité. Tu voudras leur plaire aussi, croyant que tu leur dois quelque chose, alors que ce que tu obtiendras tu l'auras mérité grâce à ton travail et à ton talent.

Tu apprendras que c'est important de verbaliser ses besoins, de demander ce qu'on veut, pour l'obtenir. Rappelle-toi que si on ne demande pas, on reste dans la même situation. Tu ne perdras rien à demander. Au pire, on te dira non, et tu seras exactement au même point qu'avant de demander. Rien n'aura changé. Tu connais le dicton « Qui ne risque rien n'a rien ». Tu sauras prendre les bons risques qui te permettront d'évoluer.

Tu choisiras d'étudier dans un métier parce qu'on a dit qu'on te voyait faire ça, mais ce n'est pas ce que tu veux, toi. Tu aimeras les études, la théorie, mais tu détesteras la pratique de ce métier. Tu auras l'impression d'avoir perdu ton temps alors que tes apprentissages te serviront là où tu t'y attendras *le moins. Profite de chaque instant au Cégep et à l'Université, car ces années sont précieuses.*

Tu feras différents détours avant de te retrouver à l'endroit précis où tu veux être, là où tu dois vraiment être.

Puis, un jour, tu rencontreras un homme merveilleux, ton Philippe. Non seulement il sera ton amant, il sera aussi ton meilleur ami, ton confident, et ton complice. Il aura envie de te rendre heureuse, de te faire plaisir. Il t'encouragera dans tes projets les plus fous. Tu sauras l'aider dans son évolution, car il apprendra à faire sa place et à s'affirmer à son tour. Quand il le fera, tu seras tellement fière de lui.

Puis, un jour, il s'endormira pour ne plus se réveiller. Ça te déchirera le cœur, et tu lui en voudras un peu. Et avec le temps, tu remarqueras sa présence amoureuse dans de petits signes. C'est alors que tu feras la paix avec son départ.

Je ne sais pas trop ce qui se passera après, car je suis en plein dedans, en train de le vivre. Qui sait? Peut-être que nous rencontrerons à nouveau l'amour, un autre homme qui nous fera vibrer de tout notre être, qui nous redonnera envie de chanter et d'écrire de la poésie.

Alors, ma belle, savoure chaque instant de la vie et rappelle-toi que tu es une femme merveilleuse, sensible, douce, intelligente et que quelqu'un n'attend que ça de toi. Sois toi.

Avec toute mon affection,
Toi, dans le futur

En terminant sa lettre, Christelle la relit et ressent tout l'amour et la tendresse que son message contient.

Chapitre 9

Quelques jours plus tard, elle reçoit un courriel avec les dates et les recommandations de Fabienne pour la formation à Annecy à la fin d'octobre.

On recommande aux participants d'arriver la veille, et de rester jusqu'au lendemain de la dernière journée de formation, pour bien profiter de toute l'expérience. Christelle décide d'organiser son voyage pour arriver la veille et repartir quelques jours plus tard, afin de pouvoir visiter la région.

Avant de choisir combien de jours elle restera en France, elle fait une recherche sur Internet pour en savoir plus sur Annecy et les environs. Comme c'est son premier voyage en Europe, elle aimerait bien visiter un ou deux châteaux, s'il y en a dans le coin.

Elle est ravie quand elle en découvre aux moins trois, en plus d'une vieille prison sur une île au beau milieu du Vieux Annecy. En regardant les photos, elle s'imagine déjà là-bas.

Christelle décide d'écrire à son amie Jackie pour savoir si elle participe à la formation de Fabienne, et si elle souhaiterait faire quelques activités avec elle pendant sa visite en France. Jackie est une des élèves de Fabienne, et elles ont participé à plusieurs formations ensemble. Elles ont même été partenaires pour pratiquer certains exercices de coaching. Une belle amitié est née, et elles discutent régulièrement ensemble.

La réponse de Jackie ne se fait pas attendre. Elle se réjouit de rencontrer Christelle « en personne » et lui propose de planifier le voyage en faisant une vidéoconférence. Le rendez-vous est fixé pour le lendemain.

Christelle savait qu'elle pouvait compter sur Jackie pour faire de ce voyage une expérience mémorable. Une fois ses séances de coaching terminées et après avoir répondu à ses courriels, elle décide de poursuivre sa recherche sur Internet. Elle s'attarde surtout aux sites avec des photos pour bien s'imprégner des images, et visualiser son voyage en attendant de le vivre pour vrai.

Christelle est une adepte de la visualisation. Depuis qu'elle a appris comment faire et qu'elle a gagné un titre d'entrepreneur de l'année après des semaines de visualisation, elle en fait régulièrement. Philippe était fasciné de voir à quel point les visualisations et les souhaits de sa femme se réalisaient rapidement. Il l'appelait sa sorcière bien-aimée, en référence à une émission qu'ils ont regardée lorsqu'ils étaient beaucoup plus jeunes.

Ce soir-là, Christelle rêve de châteaux, de bons repas et de bons vins.

Christelle est excitée à l'idée de discuter avec Jackie et de planifier son premier voyage en France.

Elle vérifie ses courriels, répond à quelques clientes, et se branche à la vidéoconférence à l'heure prévue. Elle a à peine le temps d'activer la caméra que le sourire radieux de Jackie apparait à l'écran.

— Coucou ma chérie! Comment vas-tu? Il fait beau au Québec?

— Oui, il fait beau. Et toi, ça va bien?

— Merveilleusement bien. Je viens de signer un contrat avec une nouvelle cliente. Waouh! Alors, tu te prépares à venir me voir très bientôt? As-tu pris tes billets d'avion?

— Non, pas encore, c'est pour ça que j'voulais te parler. Je veux m'assurer d'atterrir à la bonne place, et de prévoir le temps qu'il faut pour visiter un peu, après la formation.

— Parfait. Raconte-moi ce que tu as prévu.

Elles discutent pendant près d'une heure et à la fin, elles ont coordonné l'arrivée de Christelle et quelques activités qu'elles feront ensemble dans quelques mois.

C'est toujours un plaisir pour elles de discuter ensemble, et elles ont bien hâte de se rencontrer « en vrai » pour la toute première fois.

Lorsqu'elles mettent fin à leur conversation, Christelle n'a plus qu'à réserver ses billets d'avion et sa chambre d'hôtel, ce qu'elle s'empresse de faire avant de vérifier à nouveau ses courriels, et de se préparer pour sa prochaine cliente.

Elle a l'impression que le temps ne passe pas assez vite et, pour ne pas être dans l'attente, mais dans l'anticipation joyeuse, elle visite tous les sites qui parlent d'Annecy et des attraits touristiques de la région.

Elle réalise en fréquentant le groupe Facebook créé pour les participants qu'elle n'est pas la seule à se sentir comme ça. Les participants qui utilisent le réseau social pour coordonner le covoiturage et le partage des chambres en profitent aussi pour communiquer leur enthousiasme. L'équipe de Fabienne les stimule en partageant des articles et des vidéos que la coach a tournées. Elle vient même leur parler en direct à quelques reprises.

Le nouveau livre de Christelle progresse bien, et son coaching avec Fabienne commence à porter fruit. Elle se sent de moins en moins envahie par son passé, et prête à accueillir ce que l'avenir lui réserve.

Elle passe beaucoup de temps à regarder des séries sur Netflix, dont « Outlander, le Chardon et le Tartan ». L'aventure de Claire qui pendant ses vacances en Écosse en 1945, se retrouve mystérieusement projetée en 1743 la fascine. Christelle lit toujours autant lorsqu'elle ne travaille pas.

Elle a fini la trilogie de la « Grande Mascarade » d'A.B. Winter et a repris la lecture de « La Diaspora des Desrosiers » de Michel Tremblay, son auteur québécois préféré. Elle a tout lu de cet auteur et ne comprend pas pourquoi elle n'avait pas continué à lire cette série inspirée de la famille de Michel.

Quelques jours avant son départ, Christelle appelle sa mère, ses amies, et coordonne avec son adjointe comment les choses doivent se passer durant son absence. Elle veut profiter de ces quelques jours pour décrocher d'Internet et des réseaux sociaux. Heureusement qu'elle est entourée de gens fiables. Une voisine récupérera son courrier et les quelques plantes seront bien arrosées avant son départ. Il ne lui reste qu'à préparer sa valise, et attendre le jour du départ.

Chapitre 10

Christelle arrive à l'aéroport de Montréal vers 18 heures. Elle est fébrile. C'est son premier voyage en Europe, et elle ne sait pas ce qui l'attend. Elle a déjà fait de courts vols à Cuba et aux États-Unis. C'est la première fois qu'elle fait un aussi long vol, qu'elle traverse un océan!

Une fois qu'elle a passé la sécurité, elle se dirige vers la librairie pour s'acheter un nouveau livre qu'elle pourra lire durant le vol, si elle n'arrive pas à dormir. Elle choisit un roman policier de James Patterson. C'est son auteur préféré pour ce qu'elle appelle « ses lectures de voyage ».

Une fois son livre acheté, elle se rend à la porte d'embarquement. Il lui reste encore du temps, alors elle sort son livre et commence à lire.

Une heure plus tard, on commence à appeler les passagers du vol 834 en direction de Genève. Elle se lève et affiche son plus beau sourire en montrant son passeport à l'agent de bord qui l'accueille.

— Merci. Bon vol.

— Merci.

Christelle prend la passerelle pour se rendre à l'avion, et elle s'installe dans son siège près du hublot, non sans avoir préalablement sorti son livre, ses écouteurs et sa bouteille d'eau. Elle a lu qu'il faut beaucoup s'hydrater pendant un vol, et que ça aide à combattre les effets du décalage. Elle a aussi apporté son loup pour dormir pendant le vol si c'est possible, car le bruit des moteurs est assourdissant. Elle est ravie de constater que le siège à côté est vide, et le restera jusqu'au décollage.

Elle appuie sur les différentes touches de l'écran devant elle pour voir ce qu'il y a comme divertissement. Elle est étonnée de trouver un aussi grand choix de films.

« Je doute que j'arrive à dormir. Je risque de regarder des films toute la nuit », pense-t-elle.

Elle branche ses écouteurs dans la prise et choisit une comédie romantique à regarder, en attendant le repas.

Comme repas, on lui offre le choix de pâtes ou de poisson. Elle choisit les pâtes et décide d'accompagner son repas d'une petite bouteille de vin rouge.

Le vin est assez ordinaire, et les pâtes sont trop cuites. Comme elle a faim, Christelle les mange quand même. Elle ne touche pas au gâteau sec qui est offert en guise de dessert et attend qu'on vienne retirer son plateau pour essayer de dormir quelques heures.

Elle arrive à dormir de courtes périodes, et se réveille ankylosée.

Elle ouvre le store du hublot et voit que c'est le matin. Elle consulte le plan de vol sur l'écran et réalise qu'elle sera bientôt à destination. Elle commence à avoir hâte d'atterrir.

Les agents de bord débutent la distribution du petit-déjeuner. On lui apporte un café et une tranche de pain aux bananes. Le café est faible et le pain aux bananes goûte la saveur artificielle de bananes. Bof. C'est mieux que rien. Elle mangera mieux une fois arrivée à Annecy.

Quelques minutes plus tard, le capitaine annonce qu'ils vont bientôt atterrir à Genève. Il y fait 20 degrés. Christelle est étonnée.

— Wow! Il faisait froid quand j'ai quitté le Québec!

Elle range ses choses, et se prépare pour l'atterrissage en regardant le paysage et surtout, le fameux lac Léman dont elle a tant entendu parler.

L'atterrissage se fait en douceur, et elle se réjouit que personne n'ait l'audace d'applaudir comme lors des vols vers des destinations de « tout inclus » dans les Caraïbes.

Elle prend son bagage à main et se dirige vers la sortie. Elle suit les autres passagers qui eux, semblent savoir où aller. Lorsqu'elle arrive dans la section des douanes, elle est frappée par la quantité de gens qui attendent déjà pour entrer au pays.

Le douanier la salue froidement, prend son passeport, et l'étampe après avoir vérifié la photo. Elle peut traverser la porte pour se rendre au carrousel à bagages et prendre sa valise.

Christelle a hâte de voir son amie Jackie qui l'attend de l'autre côté des portes coulissantes.

Le carrousel fait quelques fois le tour avant qu'elle ne repère sa valise. Elle la prend, et se dirige le cœur léger vers les portes qui s'ouvrent. Elle voit Jackie qui lui fait de grands signes.

— Coucou ma chérie! Je suis ici!

Elles s'embrassent et Christelle a les larmes aux yeux tellement elle est contente de pouvoir serrer son amie dans ses bras après plusieurs mois à discuter par vidéoconférence.

— Ho là! Faut pas pleurer. C'est la fête qui commence.

Christelle respire un bon coup.

— T'as raison. Je suis tellement heureuse de te voir enfin « en vrai ».

— Viens, donne-moi ta valise. Mon auto est stationnée par là.

Elles sortent et Jackie arrête à la borne pour payer son stationnement. Ensuite, elle guide Christelle vers l'ascenseur. Elles descendent quelques étages, et arrivent enfin à la voiture.

Le trajet de Genève à Annecy se fait dans la joie. Les deux amies ont tellement de choses à se raconter. Elles anticipent le séminaire de Fabienne et sont excitées de se retrouver.

— Ce soir, je t'amène dîner dans le vieil Annecy, mais avant, je vais te déposer à l'hôtel pour que tu puisses t'installer et te reposer un peu. Profites-en pour faire une petite sieste.

En arrivant à l'hôtel, Jackie entre avec Christelle qui s'enregistre et prend la clé que lui donne la jeune femme à la réception.

— Voilà ma chérie, ta valise. Je reviens te chercher à 19 heures. Repose-toi bien.

— Attends! J'aimerais prendre une photo de nous deux pour mettre sur ma page Facebook!

— Oh oui! N'oublie pas de me taguer[4].

Elles prennent un selfie.

— Merci. À tantôt.

---

[4] Mentionner quelqu'un sur une photo dans Facebook

Christelle se dirige vers l'ascenseur, et monte à sa chambre.

En entrant, elle est agréablement surprise de constater que sa chambre est une suite avec un divan, un bureau et une grande salle de bains.

Elle défait sa valise et met de côté les vêtements qu'elle veut porter pour sa sortie. Après une douche rapide, elle programme l'alarme de son téléphone, s'allonge sur le lit, et s'endort immédiatement.

Chapitre 11

À 18 heures, Christelle se réveille au son de l'alarme de son téléphone. Ça lui prend quelques minutes pour se rappeler où elle se trouve. Elle s'étire en souriant, et se lève. Elle ouvre les rideaux pour admirer la vue.

— Bonjour Annecy!

Elle se prépare pour sa sortie avec Jackie. Elle se maquille légèrement, place ses cheveux en un chignon lâche, et s'habille. Un dernier regard dans le miroir pour vérifier que tout est parfait, elle prend son sac, et elle sort.

Christelle est tellement heureuse d'être là qu'elle n'arrête pas de sourire. Les gens qu'elle croise dans le corridor lui sourient en retour.

Lorsque les portes de l'ascenseur s'ouvrent sur le hall d'entrée, elle repère un fauteuil tout près de la porte où elle pourra lire, tout en guettant l'arrivée de son amie.

Un groupe de gens arrive pour s'enregistrer. Elle remarque un bel homme aux cheveux poivre et sel parmi eux. Il a vu Christelle et lui sourit, en hochant légèrement la tête. Elle espère secrètement que c'est un des participants du séminaire de Fabienne qui commence demain, et qu'elle aura l'occasion de le revoir.

Christelle reprend son livre et tente de se concentrer sur sa lecture, mais n'y arrive pas. Elle jette de temps en temps des coups d'œil à la réception, et cesse son manège quand l'homme et les gens qui l'accompagnent se dirigent enfin vers l'ascenseur.

Jackie arrive peu de temps après, toujours aussi souriante, et un peu bruyante.

— Allez, ma belle, votre carrosse vous attend.

— Ha ha!

Les deux amies sortent de l'hôtel en riant, bras dessus bras dessous, sous le regard amusé des valets.

Le vieil Annecy est un quartier situé à quelques minutes de voiture de l'hôtel. Jackie choisit un espace dans un stationnement souterrain et elles remontent à la surface. Christelle est surprise de voir les rues étroites en pierres. Elles passent devant la vieille prison qui date du XIIe siècle.

Christelle prend des photos à partager sur son profil Facebook pour ses amis du Québec. Ça lui fait tellement penser au Vieux-Québec. Elle n'a pas le temps d'absorber toute la beauté qui l'entoure. Il y a beaucoup de touristes, et elles doivent avancer pour ne pas bloquer la circulation.

Elles arrivent au restaurant l'Auberge du Lyonnais où Jackie a fait une réservation pour deux. Le maître d'hôtel vérifie si le nom est bien dans le registre, et leur demande de le suivre jusqu'à leur table.

Elles s'assoient, et il leur tend la carte des vins. Elles commandent une bouteille de Château Sociando-Mallet 2013, un cabernet franc, fruité et bien rond. Il accompagnera à merveille la cuisse de canard confite de Christelle, et les côtelettes d'agneau grillées de Jackie.

Jackie lève son verre.

— À ta première visite en France ma chérie. Qu'elle soit le début de nombreuses visites. Hoooo! Je suis tellement contente que tu sois là!

— Merci! Oui, c'est tellement beau ici, et je ne parle pas que des paysages et des bâtiments, c'est certain que je voudrai revenir.

Christelle lui fait un clin d'œil et son amie comprend tout à coup ce qu'elle veut dire.

— Non, mais tu ne me dis pas qu'il y a un mec qui t'es déjà tombé dans l'œil! Raconte!

Christelle sourit, et raconte ce qu'elle a vécu dans le lobby de l'hôtel pendant qu'elle l'attendait, le bel homme qu'elle a aperçu, le regard échangé, et le souhait qu'elle ait fait que ce soit un participant du séminaire de Fabienne.

— Wouah! Maintenant j'ai encore plus hâte à demain pour que tu me le montres s'il est au séminaire.

Elles rigolent comme ça pendant quelques heures, jusqu'à ce que le serveur vienne leur apporter l'addition en disant qu'il allait bientôt fermer. Elles étaient tellement contentes de se retrouver enfin en face à face, qu'elles n'ont pas vu le temps passer.

Jackie raccompagne Christelle à son hôtel.

— Bonne nuit! Fais de beaux rêves de ton mystérieux inconnu. À demain!

— À demain Jackie!

Christelle entre dans l'hôtel et se dirige vers l'ascenseur. Pendant qu'elle fouille dans son sac pour sortir sa clé de chambre, elle sent que quelqu'un est debout derrière elle. Elle sourit et tourne la tête pour saluer son voisin. Elle fige. C'est lui, son bel inconnu. Il la regarde et sourit lui aussi.

— Bonsoir.

— B-bonsoir.

Christelle ne sait plus quoi dire. Elle a l'impression d'avoir 12 ans tout à coup. Elle se sent rougir. Un couple qui arrive près d'eux et les portes de l'ascenseur qui s'ouvrent la sauvent.

Elle entre, appuie sur le bouton du sixième étage, et recule d'un pas.

Il appuie sur le sept. Elle descendra avant lui. Il la regardera sortir.

« Oh mon Dieu! J'ai eu l'air d'une idiote. » Pense-t-elle en sortant de l'ascenseur.

« Qu'est-ce que je vais faire s'il participe lui aussi à la formation? Reprends-toi Christelle. Demain est un autre jour, et s'il est au séminaire, tu discuteras avec lui comme avec les autres participants. »

Elle se calme un peu et décide, même s'il commence à se faire tard, de prendre un bain pour se détendre avant de dormir. Avant de se coucher, elle remplit la carte de commande pour son petit-déjeuner, et l'accroche à la poignée de la porte de sa chambre.

Elle s'endort en imaginant des promenades en amoureux sur le bord du lac d'Annecy avec l'inconnu de l'ascenseur.

Chapitre 12

Christelle se réveille au son de l'alarme de son téléphone qu'elle avait programmé la veille. Heureusement, sinon elle aurait sûrement dormi plus longtemps et serait arrivée en retard au séminaire. Elle est plus affectée par le décalage horaire qu'elle ne l'avait imaginé.

Elle se lève et s'habille tout de suite, car le petit-déjeuner qu'elle a commandé arrivera bientôt. Quelques minutes plus tard, on frappe à sa porte. Le garçon entre en la saluant poliment, dépose le plateau contenant son repas sur la table dans le coin salon de la chambre, et lui tend la facture pour qu'elle la signe. Il sort discrètement en lui souhaitant une bonne journée.

Christelle s'assoit sur le divan, et se sert un café. Elle prend ses vitamines avec son jus d'orange. Puis, elle casse la croûte du bout de baguette qu'elle tartine de fromage et de confitures. C'est un petit rituel qu'elle a appris de son défunt père. Il adorait les tartines de fromage et de confitures. Elle a une pensée pour lui, et lève les yeux au ciel. Elle se dit qu'il serait fier d'elle.

Après avoir mangé, elle finit de se préparer pour la journée. Elle se maquille pour mettre en valeur son regard, mais sans exagérer, met ses boucles d'oreilles et se parfume légèrement avec un mélange d'huiles essentielles. Christelle a une intolérance aux parfums et les huiles essentielles sont la façon qu'elle a trouvée pour sentir bon et rehausser son humeur, sans se retrouver avec une migraine.

Le mélange qu'elle a choisi d'apporter s'appelle Hope, ce qui veut dire Espoir, en anglais. Il s'agit d'un mélange qui combine le parfum frais de la bergamote avec de l'ylang-ylang et de l'encens, ainsi qu'un soupçon de vanille. Elle en raffole.

Un dernier regard dans le miroir plein pied, elle prend son sac en s'assurant d'y mettre la clé de sa chambre, et descend à la salle de conférence. Elle se sent un peu fébrile, car elle ne connaît personne à part Jackie et Fabienne.

Quand elle arrive près de la table d'inscription, elle remarque qu'il n'y a pas de file. Une dizaine de personnes sont déjà arrivées, et se sont regroupées un peu plus loin, près d'une table sur laquelle il y a du café, des jus et des viennoiseries.

Elle dit son nom et on lui remet sa cocarde avec le manuel du participant dans lequel elle trouvera les notes du séminaire et de l'espace pour écrire. Elle reçoit également un petit sac cadeau qui contient des chocolats, un stylo avec le logo et le nom de Fabienne, et un cœur en améthyste. Christelle est contente. La forme et la couleur de sa pierre sont ses préférées.

Elle se dirige vers l'autre table pour se servir un café en souhaitant qu'il y en ait du décaféiné parce qu'avec les deux tasses qu'elle a bues dans sa chambre, elle est déjà un peu sur les nerfs. Elle ne sait pas du tout à quoi s'attendre, même si Fabienne et Jackie lui ont dit qu'elle allait beaucoup apprendre en s'amusant.

Christelle cherche Jackie et comme elle ne la voit pas, elle décide de se placer un peu à l'écart, où elle pourra observer l'arrivée de son amie.

Tout à coup, elle entend des voix dans le corridor et pense entendre Jackie qui discute avec un homme. Elle les voit tourner le coin et passe près d'échapper sa tasse de café quand elle réalise que c'est avec le bel inconnu de la veille que Jackie discute. Elle dépose ses affaires sur une petite table ronde. Puis, elle se force à sourire pour ne pas éveiller les soupçons de l'homme, et avance vers son amie en ouvrant les bras pour lui faire la bise.

— Coucou ma chérie! Désolée du retard, j'ai été prise dans un bouchon, mais ça m'a permis de croiser mon ami Xavier. Christelle, je te présente Xavier Payany. Il habite à Carpentras en Provence. Nous nous sommes rencontrés dans un séminaire il y a quelques années et depuis, on se croise régulièrement. Xavier est coach lui aussi, tout comme nous.

Dès qu'elle entend parler de Provence, Christelle passe en mode « détection de l'accent ». C'est qu'elle adore l'accent de Marseille depuis qu'elle a vu un film de Marcel Pagnol et s'il faut qu'en plus d'être beau comme un dieu, Xavier ait l'accent provençal, elle va certainement craquer. Elle lui tend la main.

— Bonjour Xavier. Je suis Christelle Talbot, du Québec.

— Enchanté Christelle. Je crois que nous nous sommes croisés hier soir à l'hôtel.

Crac... Les genoux lui fléchissent et elle peine à répondre sans rire parce qu'il a ce bel accent quand elle remarque Jackie qui lui fait de grands signes derrière Xavier. « C'est lui? » Dit-elle en silence, en pointant Xavier.

— Oui, c'est bien ça. On s'est vu hier soir quand je revenais de dîner avec Jackie.

Jackie vient à son secours.

— On va devoir entrer dans la salle bientôt. Christelle, tu veux bien me montrer où sont les toilettes? Je ne les ai pas vues en arrivant.

Elles laissent Xavier à l'entrée de la salle et partent à la recherche des toilettes. Aussitôt la porte fermée derrière elles, Jackie éclate de rire.

— Ha ha! Oh purée! Ha ha! C'est Xavier ton bel inconnu d'hier? Si j'avais su. J'aurais pu te parler de lui. Pour la petite histoire, il est veuf et la dernière fois que je l'ai vu, il n'avait toujours pas rencontré quelqu'un de sérieux. Si jamais ça marche entre vous deux, tu n'auras pas à le faire cheminer. Il a déjà fait tout ça depuis quelque temps.

— C'est bon à savoir. Merci. S'il te plaît, ne lui dis pas que je suis attirée par lui. Attendons de voir ce qui va se passer.

Jackie place son index devant sa bouche.

— Motus et bouche cousue. Promis, je ne dis rien.

Elles entendent de la musique provenant de la salle, Jackie replace ses cheveux, et ouvre la porte.

— Vite, ça va commencer bientôt, allons choisir une place.

Elles entrent dans la salle où des dizaines de personnes sont déjà en train de danser autour des tables. Elles s'installent à une table près de la scène avec un autre couple. Xavier est assis à l'autre bout de la salle. Ça arrange Christelle, car elle sent qu'elle aurait eu de la difficulté à se concentrer s'il avait été plus près. Elles déposent leurs sacs sur la table et se mettent à danser aussi.

« *Simply the best! Better than all the rest. Better than anyone...* » chante Tina Turner.

Christelle adore cette chanson, et à voir les autres chanter, elle n'est pas la seule. Une jeune femme qu'elle croit être l'assistante de Fabienne s'avance sur la scène et dit d'une voix forte :

— Mesdames et messieurs! Bienvenue au séminaire « Propulsez votre vie et votre activité ». Accueillons ensemble, votre coach Fabienne Dumont!

Tout le monde applaudit, et Fabienne avance dans la salle en saluant les gens au passage. Elle monte sur la scène, embrasse la jeune femme qui l'a présentée, et s'adresse aux participants.

— Bonjour à toutes et tous, je suis ravie de vous retrouver ici aujourd'hui. Asseyez-vous, nous allons commencer sans tarder. J'ai beaucoup de contenu à partager durant ces trois prochains jours.

Christelle s'assoit et réalise qu'elle est bien placée pour observer Xavier, à son insu.

C'est vrai que c'est un bel homme. Les cheveux bouclés, il doit avoir dans la cinquantaine, à peine quelques années de plus que Christelle. De taille moyenne, il semble en forme. Il doit faire du sport, mais lequel? Probablement de la course à pied ou du vélo. Il écoute Fabienne attentivement, et prend des notes.

Christelle reporte son attention sur la présentation de Fabienne et prend des notes elle aussi. Elle est tellement intéressée par ce qu'elle apprend, qu'elle ne voit pas le temps passer.

Pendant la pause, elle discute avec ses compagnons de table, un couple de la région d'Alsace.

Puis, Fabienne poursuit son enseignement jusqu'à la pause du midi.

— Nous allons prendre une pause jusqu'à 13 h 30. Le déjeuner est servi dans la salle au bout du corridor, à votre gauche. C'est un buffet, alors il y en a pour tous les goûts et les régimes alimentaires. Profitez-en pour vous détendre et prendre l'air. À plus tard!

Jackie et Christelle ne sont pas pressées de quitter la salle. Elles ont tout leur temps et n'ont pas envie d'être prises dans la foule qui se dépêche de sortir de la salle pour aller déjeuner. Lorsqu'elles arrivent dans la salle à manger, elles repèrent deux places à une table, déposent leurs sacs, et vont faire la file pour se servir.

Pour Christelle, ce sera salade de verdures et fromages. Ce n'est pas qu'elle soit au régime, mais bien parce qu'elle adore les fromages et qu'elle n'est pas attirée par les autres choix. Elle retourne s'assoir et commande une eau pétillante. Jackie vient la rejoindre.

Elles discutent avec les gens autour de la table. Il reste encore deux places de libres. Xavier vient les rejoindre et engage la conversation.

La dame à la droite de Christelle lui dit :

— Ah! Mais vous êtes québécoise! J'adore votre accent.

Christelle lui sourit.

— Moi, j'ai un accent? Mais non, pas du tout, c'est vous qui avez un accent.

Tout le monde rit autour de la table.

— Vous savez, au Québec, tout comme en France, nous avons des accents différents selon la région d'où nous venons. Ici, vous avez les accents du sud ou du nord, breton ou parisien, etc. Chez nous, il y a l'accent du Bas-du-Fleuve, du Saguenay et de la Gaspésie. En Outaouais, d'où je viens, notre accent est peut-être un peu moins prononcé qu'ailleurs selon nous, mais nous avons des expressions typiques à notre région. Je crois que ça vient du fait que nous sommes dans une ville francophone, voisine d'une ville principalement anglophone, Ottawa.

Quelqu'un dit :

— Ottawa la capitale de ton pays?

— C'est exact. J'habite une ville francophone à 20 minutes d'Ottawa.

Jackie saisit l'occasion.

— Et si tu nous en disais quelques-unes de ces expressions savoureuses et que tu nous les expliquais?

Christelle regarde Xavier qui lui sourit comme pour l'encourager.

— Voyons, qu'est-ce que je pourrais vous dire comme exemple ? Se faire lutter par un char. Ça veut dire se faire frapper par une voiture.

Tout le monde rit. Encouragée, Christelle continue.

— Attache ta tuque avec de la broche (elle regarde Xavier) veut dire tiens-toi prêt, ça va brasser.

Elle continue comme ça jusqu'à ce que le sujet s'épuise et deux femmes se mettent à parler de leurs enfants. Comme elle n'a pas d'enfant, n'en a pas voulu, et qu'elle ne se sent pas concernée, Christelle en profite pour quitter la table. Elle pose sa main sur l'épaule de Jackie et lui dit tout bas.

— Jackie, je vais aller marcher un peu. On se voit tantôt.

— À tout à l'heure.

Au lieu d'aller directement dehors, Christelle décide de passer par sa chambre où elle vérifie si elle a besoin de retoucher son maquillage et sa coiffure, puis elle redescend.

Elle choisit de ne faire que le tour du carré. Elle tourne à droite en sortant de l'hôtel, puis encore à droite à la prochaine rue, et découvre qu'il y a un petit parc derrière son hôtel. Christelle voit un banc sous un arbre et décide de s'y assoir quelques minutes pour savourer sa solitude et profiter de la chaleur du soleil. Elle ferme les yeux et inspire profondément. Elle sent tout à coup la présence de quelqu'un près d'elle.

— Je peux m'assoir?

Elle reconnaît cette voix. C'est Xavier. Elle n'ose pas ouvrir les yeux.

— Oui, allez-y.

— Tu sais, tu peux me tutoyer.

Christelle ne répond pas. Elle garde les yeux fermés, sourit et respire encore profondément, comme si elle méditait. La présence de Xavier l'énerve un peu. Elle ne se souvient plus de la dernière fois qu'elle a été aussi troublée par la présence d'un homme. Ça doit remonter à sa rencontre avec Philippe, il y a une quinzaine d'années. Christelle n'ose pas parler, de peur de dire une platitude et de se ridiculiser. Elle choisit donc de se taire et de tenter, tant bien que mal, de savourer en silence la présence, si proche, de l'homme assis à ses côtés.

Xavier s'accommode très bien de ce silence. Il tourne aussi son visage vers le soleil, ferme les yeux, et respire profondément. En l'entendant expirer tout doucement, Christelle commence à se détendre. Ils restent là pendant de longues minutes, sans parler. Christelle se sent de mieux en mieux. Elle cherche ce qu'elle pourrait dire et choisit de continuer à se taire, jugeant que c'est le meilleur choix pour le moment. Quant à Xavier, il sent que sa voisine a besoin d'être apprivoisée, comme une petite bête effarouchée. Jackie lui a expliqué brièvement que Christelle est veuve depuis un peu plus d'un an. Il se sent bien avec elle et ne voudrait surtout pas qu'elle le trouve trop entreprenant. Puis, le téléphone de Xavier vient mettre fin à leur méditation.

— Oups. Désolé. J'avais mis l'alarme pour éviter d'être en retard. Il va falloir retourner à la formation.

Christelle ouvre les yeux et lui sourit. Ils se lèvent et retournent ensemble à la conférence, toujours en silence, chacun savourant la présence de l'autre.

Jackie les voit revenir ensemble et c'est clair dans son expression qu'elle voudra tout savoir quand elle aura quelques minutes, seules avec son amie. Christelle se contente de lui sourire.

Le signal est donné pour faire entrer les participants.

Cette fois, c'est Lynda Thalie qui chante « Merci ». « *Pour l'eau dans le ciel, moi je dis merci...* »

Ils dansent un peu, le temps que tout le monde soit revenu.

On leur fait faire des exercices d'étirement, et Fabienne recommence la formation. Elle leur parle de joie, d'amour et leur rappelle que lorsqu'on est dans la joie, tout devient plus facile. Elle leur fait faire des exercices de réflexions, leur permet d'échanger entre eux, puis, elle termine la journée avec une visualisation.

— Levez-vous. Placez vos pieds à la largeur de vos épaules. Tenez-vous droit, fier comme un lion. Fermez les yeux.

Prenez trois grandes respirations.

Concentrez votre esprit de toutes vos forces sur ce que vous désirez, comme si votre vie en dépendait. Prenez le temps de bien voir et ressentir ce que vous désirez.

Maintenant, placez vos mains devant vous, à la hauteur de votre plexus solaire.

Placez l'intérieur de vos mains face à face, à une distance d'environ 20-30 cm. Imaginez-vous construisant une « boule de désir et d'énergie » entre vos mains.

Placez tous vos désirs, toutes les émotions positives reliées à ces désirs, dans cette boule.

Visualisez-la se former entre vos mains, rayonner, et éclairer la pièce s'il le faut. Mettez-y de l'émotion, soyez persuadé du résultat positif de votre exercice.

Lorsque vous aurez bien « replié » votre boule d'énergie, lancez-la physiquement dans l'univers, faites le geste avec votre corps. Propulsez-la avec vigueur et conviction. Vous pouvez également la lancer à un endroit bien précis, si cela a une signification pour vous. Par exemple, vous pouvez la lancer vers la maison d'une personne qui vous plaît et avec qui vous désirez développer une relation amoureuse.[5]

En même temps, sans se regarder, Christelle et Xavier pensent l'un à l'autre. Ils sourient, les yeux toujours fermés.

— Maintenant, prenez à nouveau trois grandes respirations. Secouez doucement les bras, les jambes, bougez la tête de chaque côté, et quand vous vous sentez prêts, ouvrez les yeux, et revenez parmi nous. Profitez de la soirée pour vous détendre. Nous recommencerons demain à 9 heures.

Les participants se lèvent, ramassent leurs affaires, et quittent la salle. Jackie fait signe à Xavier de les attendre. Il hoche la tête. Comme il est plus près de la porte qu'elles, il les attendra. Christelle regarde son amie, surprise.

---

[5] Source : http://www.visualisation-creative.com/techniques_de_visualisations2.php

— Pourquoi veux-tu qu'il nous attende?

Jackie sourit, l'air espiègle.

— J'ai pensé qu'on pourrait aller prendre l'apéro et dîner tous ensemble. Ça vous donnera l'occasion de vous revoir. Allez, viens. Il ne faut surtout pas faire attendre ton prince charmant.

Christelle ne sait plus quoi dire. Elle ne soulève même pas la moquerie. Elle avait planifié se retirer dans sa chambre, se faire livrer son repas, et y rester jusqu'au lendemain pour récupérer du décalage, mais elle ne veut pas décevoir son amie et puis, Jackie a raison, elle pourra passer un peu de temps avec Xavier pour mieux le connaître, tout en ayant Jackie vers qui se retourner si la conversation ne lève pas.

Lorsqu'elles arrivent près de lui, Xavier sourit.

— Alors Jackie, qu'est-ce que je peux faire pour toi?

— J'ai pensé qu'on pourrait aller prendre l'apéro et dîner ensemble ce soir, tous les trois. On pourrait se donner rendez-vous au bar de l'hôtel à 19 heures. Ça nous donnera le temps d'aller porter nos choses dans nos chambres, et nous rafraîchir un peu avant. Qu'est-ce que t'en penses?

Xavier est content. Il n'aurait pas osé inviter Christelle à dîner tout de suite, mais l'invitation de Jackie lui enlève la pression, tout en lui permettant de passer plus de temps avec la belle Québécoise. Il essaie de ne pas trop montrer sa joie.

— Excellente idée. Ça me permettra de transférer certaines des idées que j'ai notées dans mon agenda avant de vous retrouver. À tout à l'heure.

Il part en direction des ascenseurs.

Les deux femmes le suivent tout en gardant une bonne distance pour discuter. Christelle se confie à son amie.

— Je vais en profiter pour faire une petite sieste si je ne veux pas vous dormir dans'face.

— Ha ha! Tu as de ces expressions. J'adore. C'est vrai, j'avais complètement oublié que tu es en plein décalage. Allez, va te reposer. On se retrouve tout à l'heure. Je vais aller m'enregistrer. J'ai décidé que ce serait plus simple si je dormais ici, moi aussi. Ça me fera de petites vacances.

Jackie file vers la réception de l'hôtel, profitant du fait qu'il n'y ait personne au comptoir, alors que Christelle prend l'ascenseur jusqu'à sa chambre.

Elle ferme la porte derrière elle avec un soupir de soulagement. Une journée de croissance personnelle, c'est dur. Elle a l'impression que c'est pire quand on est introvertie et qu'on est en plein décalage horaire. Elle retire ses vêtements qu'elle dépose sur la chaise et se glisse sous les draps après avoir fixé son réveil à 18 heures. Ça lui laissera assez de temps pour prendre une douche, et se préparer pour retrouver ses amis.

Elle considère déjà Xavier comme un ami. Un homme qui est capable de passer presque 30 minutes assis à côté d'elle en respectant son silence mérite d'être un ami. Qui sait, peut-être qu'une relation plus sérieuse se développera dans les prochains jours.

C'est sur cette pensée que Christelle s'endort.

Chapitre 13

Lorsque le réveil sonne, elle met du temps à se réveiller. Elle aurait dormi plus longtemps, mais elle se lève en se disant qu'elle aura tout le temps de dormir à son retour au Québec. Une bonne douche la réveille suffisamment, et elle se prépare en chantonnant. Elle enfile une robe rouge cache-cœur qui met en valeur ses courbes, et choisit de laisser ses cheveux tomber sur ses épaules. Puis, comme elle est en avance, elle lit un peu.

À 18 h 58, elle descend au bar de l'hôtel. Xavier est seul, et il lui fait signe. Jackie n'est pas encore arrivée. Il se lève pour l'accueillir. Il est bouche bée. Elle est resplendissante.

— Bonsoir, tu es ravissante.

Elle rougit et s'assoit.

— Merci.

Un serveur s'approche, et Christelle commande une coupe de champagne. Jackie, qui vient d'arriver, commande la même chose.

Ils boivent et discutent. Xavier demande :

— Comment vous êtes-vous rencontrées? Jackie, es-tu allée au Québec?

— Oh non, pas du tout. Christelle et moi avons suivi une formation avec Fabienne en même temps, et nous avons été partenaires pour pratiquer les exercices. C'est comme ça que je suis tombée en amitié avec ma petite Québécoise. Oh purée! On a tellement ri. Et on a fait les exercices, évidemment!

— Oh oui, on a beaucoup ri. On s'est rendu compte qu'on avait plusieurs intérêts communs. Jackie, c'est un peu ma sœur d'âme. Si j'avais eu une sœur aînée, j'aurais voulu qu'elle soit comme elle.

— C'est beau d'entendre votre histoire.

Christelle se lance.

— Et toi Xavier, ça fait longtemps que tu suis des formations avec Fabienne? Comment en as-tu entendu parler?

— Oh, ça remonte à loin. J'ai vu son livre sur la loi d'attraction en librairie et je l'ai acheté. Quand j'ai fini ma lecture, j'ai eu envie d'en apprendre un peu plus, et je suis allé voir son site. Je me suis abonné à son infolettre et j'ai participé à ses formations. Au début, les formations se faisaient près de chez moi, dans la Drôme provençale. Puis, elle a commencé à faire des formations en ligne. Je préfère suivre les formations en direct alors dès qu'une occasion se présente, je m'inscris. J'ai beaucoup appris, et je continue à m'améliorer à chaque fois.

— Tu vois, Christelle, j'avais raison de te dire que vous étiez faits pour vous entendre, Xavier et toi.

Christelle et Xavier sourient timidement en prenant une gorgée.

Voyant que plusieurs participants de la formation commencent à arriver au bar, Jackie propose qu'ils sortent dîner. Elle souhaite que leur groupe reste petit pour permettre à ses amis de mieux se connaître, en toute intimité, même si elle fait un peu figure de chaperon, pour l'instant. Elle trouvera bien moyen de les laisser seuls, après le dîner. Là, elle se sent investie d'une mission.

— Il y a un petit bistro super sympa à deux pas d'ici. On pourra y aller à pied.

Ils terminent leur verre et quittent le bar.

Lorsqu'ils arrivent au Bistro du Rhône, le maître d'hôtel salue Jackie. Il semble bien la connaître. Il les guide à une table dans une section tranquille, avec peu de gens autour. Ils s'assoient, et on leur apporte tout de suite une bouteille d'eau plate et une bouteille d'eau gazeuse. Christelle est fascinée de se faire servir aussi rapidement, sans avoir demandé. Il apporte l'ardoise, un grand tableau noir sur un chevalet, et leur explique le menu.

Christelle opte pour le magret de canard aux figues, Xavier commande la bavette de bœuf, et Jackie choisit la salade composée avec un tartare de bœuf. Pour le vin, Jackie commande un verre de vin blanc et comme Christelle dit qu'elle préfère le rouge, Xavier commande une bouteille de Jean-Paul Daumen Principauté d'Orange, un vin rouge, pour eux. Il explique, une fois qu'on leur a servi leurs verres.

— Ce vin est un accord parfait pour nos plats. J'ai aussi eu envie de te faire découvrir un vin de ma région, la Provence.

Christelle admire la robe de couleur rubis d'une bonne intensité. Elle le porte à son nez et sent les notes de cassis, de cerises, et même de feuilles mortes. Elle en prend une petite gorgée et savoure sa fraîcheur et ses tannins charnus.

— Humm il est délicieux ce vin. Excellent choix.

Les trois amis font un retour sur leur journée en attendant leur repas.

Lorsqu'on dépose devant elle son magret de canard aux figues avec quelques pointes d'asperges et une purée de pommes de terre mousseline, Christelle sourit et tape dans ses mains de joie :

— Merci! Ça a l'air délicieux et ça sent tellement bon!

Xavier est sous le charme de voir que Christelle prend autant de plaisir dans les petites choses de la vie. Cet après-midi, alors qu'elle savourait la chaleur du soleil sur son visage, tout à l'heure, en goûtant le vin, et maintenant, devant son repas. Il attend qu'elle prenne une première bouchée avant d'entamer son repas. Il l'observe.

Christelle se coupe une bouchée de canard, pique un bout d'asperge et ajoute un peu de pommes de terre pour en faire une bouchée parfaite. Elle goûte et savoure en fermant les yeux.

— Mmm... que c'est bon! Elle ouvre les yeux et regarde ses amis tour à tour. Jackie, il est bon ton tartare?

—Hi hi! Peut-être pas autant que ton canard, mais oui, c'est bon.

Xavier qui n'a pas encore touché à sa bavette, décide d'imiter Christelle.

— C'est tellement une bonne idée de faire une bouchée parfaite que je vais essayer de faire la même chose.

Il anticipe joyeusement le mélange des saveurs de sa bavette marinée, de la patate douce et des haricots verts. Comprenant maintenant que c'est pour mieux savourer que Christelle a fermé les yeux, il les ferme aussi et se concentre sur ce qui se passe dans sa bouche. C'est une explosion de saveurs et à son tour il dit :

— Oh! C'que c'est bon.

Christelle est ravie.

— T'as ressenti ce que ça fait quand on ferme les yeux pour éliminer toute autre distraction? Ça permet de percevoir toutes les saveurs et textures en bouche. J'ai appris ça en faisant mon atelier de pleine conscience. Les repas durent un peu plus longtemps, mais ça permet aussi de reconnaître les signaux de satiété. Bon, lorsqu'on est accompagné, on n'est pas obligé de fermer les yeux à chaque bouchée.

Jackie décide alors de jouer le jeu. Elle aussi est étonnée par la différence entre ses premières bouchées et celle qu'elle prend « en pleine conscience ».

Le reste du repas se passe presque en silence, chacun étant concentré à savourer son plat comme Christelle leur a montré.

Lorsqu'ils ont terminé le repas, le serveur leur propose un dessert. Christelle ne peut résister à l'idée de déguster une délicieuse crème brûlée. Xavier choisit l'assiette de fromages et Jackie ne prend rien, parce qu'elle a décidé de laisser ses amis en tête à tête dès qu'ils auront fini le repas. Une fois qu'il a terminé, avant qu'on leur apporte l'addition, Xavier se lève et va régler pour les trois. Jackie en profite pour se rendre aux toilettes. Lorsqu'elle revient, elle tient son téléphone.

— Les amis, je dois vous quitter tout de suite. Je viens de recevoir un texto de mon mari, et je dois régler une situation par email. Mon ordinateur est à l'hôtel et l'information dont j'ai besoin y est aussi. Allez, je pars et on se voit demain, d'accord? Bonne nuit.

Elle les embrasse et part.

Christelle se demande si c'est vrai, ou si c'est seulement un prétexte pour la laisser seule avec Xavier qui lui propose d'aller marcher un peu au lieu de retourner directement à l'hôtel. Ils marchent en silence et en quelques minutes se retrouvent au parc où ils étaient un peu plutôt dans la journée. Ils s'assoient et regardent le ciel étoilé. C'est Xavier qui parle le premier, tout en gardant le regard tourné vers le firmament.

— Je me sens bien avec toi, Christelle. Ça fait longtemps que je ne me suis pas senti comme ça, et j'ai envie de te connaître un peu plus.

— Moi aussi, je me sens bien avec toi et ça fait longtemps que je ne me suis pas sentie aussi bien. C'est un peu pour ça que je ne sais pas par où commencer, que j'hésite. Oh! Une étoile filante ! Fais un vœu.

Elle pointe le ciel, et fait un vœu. Xavier fait aussi un vœu et lorsqu'elle redescend sa main, il la prend dans la sienne. Christelle le laisse faire et elle apprécie la douceur et la chaleur de cette main enveloppante.

— Et si tu me racontais un peu comment est ta vie au Québec. J'ai envie de t'entendre te raconter. Elle était comment la petite Christelle? Que rêvais-tu de faire quand tu serais grande? Qu'est-ce que tu aimes faire maintenant quand tu ne coaches pas tes clientes?

— Que de questions! On risque d'y passer la nuit, et je dois admettre que je commence à ressentir la fatigue du décalage. Et si on continuait notre conversation demain?

Elle bâille et s'excuse.

— Oh! Mais où avais-je la tête? Rentrons. Nous avons tout le temps du monde, comme dirait Fabienne. Nous pourrons continuer demain, et après...

Il se lève, tend la main pour aider Christelle, et ils retournent à l'hôtel, main dans la main. Ils prennent l'ascenseur et Xavier sort à l'étage de Christelle. Elle le regarde, surprise. Il rit en voyant l'air qu'elle fait.

— Oh, ne t'en fais pas, je ne m'invite pas chez toi pour la nuit. C'est encore trop tôt pour ça. Je voulais seulement te raccompagner jusqu'à ta porte.

Elle est soulagée.

— Alors merci pour l'agréable soirée. À demain, Xavier.

Il se penche et l'embrasse doucement sur la joue.

— À demain, belle Christelle.

Et il retourne à l'ascenseur.

Christelle entre dans sa chambre, met sa main sur la joue qui a été embrassée, et s'appuie sur la porte qu'elle vient de refermer. Elle a l'impression d'avoir rajeuni de 20 ans.

— Calme-toi ma vieille. On dirait une ado qui vient de se faire raccompagner après une soirée de danse. Respire ma grande...

Elle rit, puis commence à se dévêtir en allant faire couler un bon bain chaud.

Dans le bain, elle repasse la soirée, minute par minute. Puis, elle se met à fantasmer à ce qui aurait pu arriver si elle avait invité Xavier dans sa chambre.

Pendant ce temps, dans sa chambre, Xavier a pris sa tablette à dessin et son crayon. Il dessine le portrait de Christelle de mémoire, tentant de capturer l'étincelle qu'il a remarquée dans son regard, et son sourire énigmatique à la Mona Lisa. Lorsqu'il est enfin satisfait du résultat, il va prendre une douche et se couche.

Christelle sort du bain, s'essuie doucement et se prépare pour la nuit. Elle est tellement fatiguée qu'elle ne prend même pas le temps de lire quelques pages de son livre comme elle a l'habitude de faire. Elle s'endort paisiblement.

Chapitre 14

Lorsque le réveil sonne dans la chambre de Christelle, elle s'étire et se lève en souriant, car elle sait qu'elle reverra Xavier aujourd'hui. Elle a bien dormi. Elle a hâte de voir ce que Fabienne leur réserve comme deuxième journée de formation.

Son petit-déjeuner arrive, et Christelle lit un peu en mangeant. Ensuite, elle se prépare à descendre à la salle de conférence. Comme elle s'apprête à sortir, le téléphone de sa chambre sonne. Qui peut bien l'appeler? Jackie? Elle décroche.

— Bonjour.

C'est Xavier qui est au bout du fil.

— Bonjour belle Christelle. Tu as bien dormi?

Elle est étonnée, puis réalise qu'il connait maintenant le numéro de sa chambre, puisqu'il l'a raccompagnée. Aussi bien en profiter.

— Oui, très bien. Et toi?

— Comme qui dirait chez toi, j'ai dormi comme une bûche. Ha ha! Bon, je t'appelais pour savoir si tu veux qu'on descende ensemble ou si tu préfères qu'on cache notre idylle naissante aux autres participants.

Christelle hésite un instant. Elle rit.

— Oh, je n'avais pas pensé à ça. Et si on se retrouvait en bas, près des ascenseurs? Rien ne nous empêche d'arriver ensemble, mais sans se tenir la main. Qu'en penses-tu?

— Bonne idée. J'ai tellement hâte de te revoir. À tout de suite.

Christelle a chaud tout à coup. Elle pense tout haut.

— Il a bien dit idylle naissante? Je n'ai pas rêvé. Il a bien dit ça.

Elle prend son sac et son cahier du participant, puis sort prendre l'ascenseur.

Lorsque les portes s'ouvrent à son étage, Xavier est là. Ils se sourient. Il lui fait la bise et elle a l'impression qu'elle va se liquéfier sur le plancher de la cabine d'ascenseur. S'il savait à quoi elle a pensé pendant qu'elle était dans son bain hier soir. Xavier sourit et pour détendre l'atmosphère, il dit :

— Je me demande bien quelle chanson Fabienne nous réserve pour commencer la journée. Elle a le don de choisir des chansons parfaites pour le moment.

Christelle, soulagée, répond :

— C'est vrai qu'elle a choisi de bonnes chansons hier. J'ai particulièrement aimé la visualisation que nous avons faite à la fin de la journée. J'aimerais ça la refaire ou qu'elle nous en fasse faire une autre.

Quand les portes s'ouvrent, ils aperçoivent Jackie qui les attend, un sourire aux lèvres. Elle s'avance pour les embrasser et les taquine un peu.

— Bonjour! Si je ne vous connaissais pas si bien tous les deux, j'aurais pensé que vous ne vous êtes pas quittés depuis le restaurant hier soir. Hi hi! Bien dormi? Christelle, tu te remets du décalage?

— Oui, merci. Ça va de mieux en mieux.

Dès qu'ils arrivent près de la salle, ils entendent la musique qui commence. Christelle reconnaît la chanson de Jean-Jacques Goldman « J'irai au bout de mes rêves ». Elle adore cette chanson. Un peu plus et elle lâcherait un « C'est ma toune! » en courant vers la scène, comme lorsqu'elle fréquentait les bars.

Jackie ne cache pas sa déception de devoir entrer en salle aussi vite. Elle aurait aimé avoir plus de temps pour enquêter sur ce qui s'est passé après son départ.

— Déjà? Allons-y. Xavier, tu viens t'assoir avec nous aujourd'hui?

— Oui, pourquoi pas?

Christelle est reconnaissante que Jackie ait pensé à lancer l'invitation. Trop timide, elle ne l'aurait pas fait.

De nouvelles amitiés se sont créées la veille parmi les autres participants et ils ne sont pas les seuls à changer de place.

Les trois amis choisissent une table près de la scène. Ils déposent leurs choses et dansent avec les autres.

Quand la musique arrête, Xavier s'assoit entre les deux femmes.

— Bonjour à toutes et à tous! J'espère que vous vous êtes bien reposés, car nous avons une autre belle journée devant nous. Avant de commencer, j'aimerais vous laisser quelques minutes pour nous partager vos percées depuis hier, ou pour poser vos questions. Il y a des micros, là et là. Vous n'avez qu'à vous approcher, dire votre nom, d'où vous venez, et partager.

Plusieurs personnes se lèvent à tour de rôle pour raconter ce qu'ils ont apprécié du contenu de la veille, pour verbaliser un blocage, ou pour poser une question. Puis,

Fabienne commence à leur parler de l'abondance et lorsqu'elle parle de correspondance vibratoire, Xavier et Christelle se regardent, complices.

C'est qu'ils ont compris avec les nombreuses formations qu'ils ont suivies que la correspondance vibratoire pour l'argent ou l'abondance est la même que pour l'amour. C'est la base de la loi de l'attraction, tout ce qui entre en résonance vibratoire s'attire.

Jackie les observe du coin de l'œil. Comme elle aimerait que ça fonctionne entre ses deux amis. Ils sont faits pour être ensemble, et elle se réjouit que les 6000 kilomètres qui les séparaient ne les aient pas empêchés de se rencontrer.

Le temps file, et c'est déjà l'heure du déjeuner. Comme la veille, les participants se ruent vers la salle. Xavier demande à Christelle :

— Que dirais-tu si on mangeait et qu'ensuite on sortait marcher jusqu'à notre banc? On pourrait continuer la conversation d'hier.

— D'accord.

Ils choisissent une table près de la sortie. Dès qu'ils ont terminé leur repas, ils s'excusent auprès des autres convives assis à leur table, et sortent marcher. En tournant le coin de la rue, Xavier saisit la main de Christelle et elle s'approche de lui. Ils s'assoient sur le banc et il lui demande :

— Alors, raconte-moi Christelle. Je veux tout savoir de toi, mais j'écouterai attentivement ce que tu veux me confier.

Tu pourrais commencer par me dire ce qui t'a amenée ici, à Annecy.

— D'accord, mais peux-tu programmer l'alarme sur ton téléphone pour qu'on n'arrive pas en retard?

Il sourit et s'exécute.

Christelle lui raconte alors qu'elle a toujours été intéressée par le développement personnel, et plus particulièrement la loi de l'attraction et comment elle a commencé à suivre fidèlement toutes les formations de Fabienne. Elle lui confie que ce qui l'a amenée à Annecy, c'est son coaching privé à la suite de l'anniversaire de sa mère. Sans lui donner les détails, elle mentionne seulement qu'une rencontre avec quelqu'un de son passé a fait remonter des émotions qu'elle souhaitait comprendre et surmonter. Elle lui dit qu'elle est veuve depuis un peu plus d'un an, et qu'elle commence tout juste à revivre.

Lorsque le téléphone de Xavier sonne, elle n'a fait qu'effleurer la surface.

— Bon, ma chère dame, nous devons y aller. On nous attend. Que dirais-tu qu'on dîne en tête à tête, ce soir? J'aimerais que l'on continue la conversation et j'imagine que toi aussi, tu as des questions à mon sujet.

— C'est une bonne idée, mais laisse-moi-le dire à Jackie. Je sais qu'elle comprendra, mais je veux faire ça discrètement.

— Très bien. Tu as raison. Allons voir ce que Fabienne nous réserve pour cet après-midi.

Lorsqu'ils reviennent, Christelle a une occasion de parler discrètement à Jackie. Elle lui explique qu'elle ne dînera pas avec elle ce soir, mais avec Xavier, pour faire plus ample connaissance. Jackie est tout excitée et elle a un peu de difficulté à retenir son enthousiasme. Elle serre très fort son amie et lui chuchote « Je suis certaine que c'est l'homme pour toi. Je suis tellement heureuse pour vous deux. »

Elles retournent s'assoir et écoutent Fabienne leur présenter l'offre qu'on a laissée pour eux sur la table. Christelle prend la feuille, et voit que c'est le programme qu'elle a choisi de prendre. Il y a aussi une feuille avec l'annonce du prochain séminaire à un prix spécial pour les participants. Cette fois, le séminaire sera dans la Drôme provençale. Christelle montre la feuille à Xavier et l'interroge du regard. Il hoche la tête en souriant et commence à remplir son formulaire d'inscription. Christelle remplit aussi le sien. Voilà, ils ont déjà un prochain rendez-vous, l'été suivant.

Puis, Fabienne invite les participants qui veulent témoigner ou poser des questions sur le contenu de l'avant-midi à utiliser un des micros placés dans la salle. Christelle est émue par les témoignages qu'elle entend. Et Xavier est touché de voir sa compagne s'émouvoir avec les autres. C'est comme ça qu'il découvre sa grandeur d'âme et l'apprécie de plus en plus. Il a vraiment hâte de se retrouver seul avec elle pour mieux la connaître et qui sait, peut-être se laissera-t-elle embrasser?

Vers la fin de l'après-midi, Fabienne fait une autre visualisation qui se termine par un pas en avant, dans leur nouvelle réalité. L'impact est si grand que plusieurs sont émus. L'ambiance est très solennelle lorsque Fabienne leur souhaite une bonne soirée et leur rappelle qu'ils continueront le lendemain dès 9 heures.

Christelle, Xavier et tous les autres participants qui ont choisi de s'inscrire au prochain séminaire vont porter leur formulaire à l'assistante de Fabienne pendant que ceux qui sont intéressés par le programme de haut niveau auquel Christelle est déjà inscrite vont voir l'experte et ses coachs collaborateurs pour poser des questions qui les aideront à décider s'ils feront le programme ou non.

Jackie, Christelle et Xavier en profitent pour sortir de la salle, et se trouver un endroit calme pour discuter un peu. Ils parlent de la journée, de ce qu'ils ont retenu, et se séparent pour aller se préparer pour leur soirée. Christelle et Xavier se sont donné rendez-vous à 19 h dans le hall de l'hôtel.

Lorsque Christelle arrive à sa chambre, elle se laisse aller à exprimer sa reconnaissance. Elle saute de joie, car elle a toujours rêvé d'aller en Provence, et le prochain séminaire de Fabienne lui permettra de réaliser son rêve. Elle décide de faire une courte sieste. Elle veut pouvoir passer le plus de temps possible avec Xavier, et elle n'y arrivera pas si elle est épuisée. Elle réussit à s'endormir après s'être calmée avec ses mantras et ses exercices de respiration.

Dans sa chambre, Xavier décide de dormir un peu, lui aussi. Il y arrive difficilement et reste là pendant de longues minutes, étendu sur le lit, les mains derrière la tête à fixer le plafond en pensant à ce qu'il va dire à Christelle. Il finit par s'endormir en visualisant qu'il l'embrasse enfin.

Chapitre 15

Christelle est prête bien avant 19 heures. Sa sieste lui a fait du bien, et elle se sent pleine d'énergie. Elle se sent fébrile. C'est son premier rendez-vous galant depuis Philippe.

Pour l'occasion, elle a mis un pantalon noir à jambes droites et un chemisier vert, sous lequel elle porte ses plus beaux sous-vêtements de dentelle noire et verte. Quand elle les a achetés, elle ne s'imaginait pas qu'elle les porterait pour séduire quelqu'un de sitôt, mais pour se sentir bien. Et puis, si jamais ils décident d'aller un peu plus loin, elle ne se sentira pas gênée par des sous-vêtements beiges et ennuyants. Le chemisier est juste assez décolleté pour mettre en valeur sa poitrine généreuse. Dans son cou, elle porte une améthyste au bout d'une chaîne en argent, cadeau de Philippe, et un bracelet assorti.

Elle décide de descendre même si elle a un peu d'avance. Elle réalise qu'elle a bien fait, car lorsque les portes de l'ascenseur s'ouvrent sur le hall, elle voit Xavier qui l'attend.

Comme il est séduisant! Il porte une chemise blanche sans cravate sous un veston et un pantalon couleur marine.

Tiens, il porte des lunettes... Il devait avoir mis des verres de contact durant la journée. Il lui présente son bras.

— Bonsoir, ma belle dame, votre carrosse vous attend. J'ai pensé que nous pourrions aller dîner ailleurs. Je connais un petit restaurant sympa à Archamps. Le maître d'hôtel est un bon ami.

Le trajet se fait en silence, et Xavier stationne devant l'entrée du bistro l'Avenue. Lorsqu'ils entrent, le maître d'hôtel vient les accueillir. Il salue chaleureusement Xavier et quand celui-ci lui présente Christelle, il lui tend la main en souriant.

— Enchanté. Je suis Sébastien, et je serai à votre service pour la soirée. S'il fait trop le fanfaron, vous me le dites!

Il lui fait un clin d'œil.

— Venez, je vous ai réservé ma meilleure table. Vous serez tranquilles pour discuter. Xavier, j'ai mis une bouteille de ton vin préféré de côté. Je reviens tout de suite.

Christelle rit. La voilà détendue, elle qui appréhendait ce moment. Si la soirée continue sur ce ton, elle n'a rien à craindre. Comme s'il avait lu dans ses pensées, Xavier lui dit :

— On se connaît depuis le lycée, lui et moi. Tu vas voir, nous allons passer une agréable soirée, à discuter et probablement à rigoler un peu aussi.

— Je le trouve sympathique, ton ami, et j'aime son petit côté comique.

Sébastien arrive avec la bouteille de vin, un Château de Roquetaillade La Grange, un grand vin de Bordeaux. Il en sert un peu à Xavier qui le goûte comme Christelle avait goûté son vin la veille, et hoche la tête en tendant son verre.

— C'est parfait. Christelle, goûte-moi ce vin et dis-moi ce que tu en penses.

Elle s'exécute et s'extasie d'abord sur les effluves de cerises et de confiture de prunes qu'elle sent, puis savoure sa première gorgée.

— Humm absolument divin. Merci, Sébastien.

— Ce soir, nous avons au menu une entrecôte d'Angus sauce poivre vert, servie avec un gratin de pommes de terre et une poêlée de légumes. Ou, je peux vous apporter la carte, si vous préférez.

Christelle a envie d'un bon steak et accepte la suggestion. Xavier aussi.

Lorsqu'ils sont enfin seuls, Xavier décide qu'il est temps de vraiment faire connaissance en choisissant des sujets brise-glace.

— Dis-moi, quand tu étais jeune, que rêvais-tu de faire quand tu serais grande? Le coaching n'existait pas, dans ce temps-là.

— Je rêvais d'être écrivaine. J'aimais tellement les livres et les voyages que je faisais en lisant, que je voulais pouvoir inventer des histoires à mon tour pour faire vibrer mes lecteurs.

— Et tu as écrit. Il me semble que Jackie m'a mentionné que tu as déjà publié un ou deux livres.

— Oui, mais ce sont des livres de développement personnel. Je rêve d'écrire de la fiction, un roman. J'ai commencé un roman historique, mais ne sais pas si j'oserai un jour le soumettre à un éditeur.

— Et pourquoi pas?

— Bof... je ne sais pas trop. Peut-être que j'ai peur d'être déçue si j'écris un roman et qu'il ne plaît pas à mes lecteurs.

— Tu sais ce que je dis à mes clients quand ils me racontent des salades comme tu fais en ce moment?

— Laisse-moi deviner... Que ce sont des salades?

— Exact! Tu ne sauras pas si tu n'essaies pas. Continue d'écrire ce roman pour toi. Tu verras après.

— T'as raison. J'enseigne à mes clientes à foncer, et je ne le fais pas. Tu parles d'un cordonnier mal chaussé!

— T'inquiète, je garde ton secret si tu oses finir ton roman. J'anticipe joyeusement la lecture de cette première œuvre littéraire.

— Ha ha! Ça reste à voir, mais je m'engage à terminer l'écriture d'un premier roman. À ton tour maintenant. Qui rêvais-tu de devenir quand tu serais grand?

— Oh, moi, je rêvais d'être artiste. J'aimais dessiner et peindre. Je rêvais de ne faire que ça, à gagner ma vie avec mes œuvres. Mes parents m'ont conseillé d'étudier pour faire un vrai métier. C'est comme ça que je suis devenu actuaire.

— Ha ha! C'est tellement loin de ce que tu fais maintenant. Tu devais t'ennuyer! Comment as-tu fini par choisir le coaching?

Xavier est songeur. Il fouille dans ses souvenirs. Christelle n'ose pas parler. Elle sent que ce qu'il va dire est important. Il lui répond en fixant la table devant lui.

— Il y a une dizaine d'années, quand ma femme a commencé à être malade, j'étais complètement désemparé. Nous ne savions pas ce qu'elle avait, et en cherchant des moyens de l'aider à guérir, j'ai commencé à lire sur la loi de l'attraction, l'effet des émotions sur la santé. Plus je lisais sur la loi de l'attraction, plus je comprenais que j'avais cocréé plusieurs situations. Puis, après toute une batterie de tests, le diagnostic est tombé, cancer du poumon en stade 4 avec des métastases au foie. J'étais furieux. Elle n'avait jamais fumé de sa vie! Elle faisait attention à sa santé. Ça n'avait aucun sens. Je me sentais impuissant. La seule chose que nous pouvions faire, c'était d'assurer son confort. Elle a vécu quelques semaines après le diagnostic et m'a fait promettre de retrouver la joie, de ne pas rester dans ma peine. Ce sont les livres et les formations de Fabienne qui m'ont aidé à y arriver. J'ai obtenu ma certification, et je coache depuis.

Christelle prend sa main dans la sienne. Lorsqu'il lève la tête, il voit qu'elle pleure, en silence.

— Oh! Je suis désolé. Ton mari est décédé l'an dernier, il me semble. J'imagine que mon histoire a fait remonter de douloureux souvenirs pour toi aussi.

Elle essuie ses larmes.

— Oui, Philippe est parti l'an dernier, dans son sommeil. Je n'ai pas eu la chance, comme toi avec ta femme, de lui dire adieu. Je sais, parce qu'il était comme ça de son vivant, qu'il veut que je sois heureuse. C'est ce que j'apprends à faire avec les enseignements de Fabienne.

Le serveur apporte les assiettes et repart discrètement après avoir rempli leurs coupes de vin. Christelle prend sa fameuse première bouchée parfaite sous le regard amusé de Sébastien qui les observe de loin, et de Xavier.

— Bon, si on changeait de sujet, un peu? Je pense que c'est assez de tristesse pour aujourd'hui. J'ai envie de te voir sourire. Dis-moi, dois-tu repartir après-demain comme la plupart des participants, ou tu restes pour visiter un peu?

— Je vais rester encore quelques jours. J'ai vu qu'il y a des châteaux dans les environs, et je rêve d'en visiter au moins un. Ils sont plutôt rares, les châteaux au Québec.

— Et si je t'accompagnais? J'ai envie de passer le plus de temps possible avec toi, et visiter des châteaux avec une princesse me semble tout à fait parfait.

— D'accord, mais je t'avertis. J'y vais en vraie touriste. Je prendrai beaucoup de photos et même des mémos vocaux, pour l'écriture d'un livre.

— Excellent. J'apporterai ma tablette à dessin, et en profiterai pour faire quelques croquis.

— Tu dessines encore? C'est merveilleux. Je pourrai voir tes œuvres?

Xavier pense au dessin qu'il a fait la veille, et se sent un peu gêné. Devrait-il lui montrer?

— Peut-être.

Il prend une bouchée, une raison parfaite pour se taire. Christelle en profite pour demander :

— Dis-moi, tu as fait plusieurs formations avec Fabienne. As-tu une idée de ce qui nous attend demain?

— Franchement, je n'en ai aucune idée. J'ai remarqué, au fil des formations, qu'elle suit beaucoup son intuition et l'énergie du groupe, même si elle prépare un plan d'avance. Disons que je m'attends à être encore fasciné et à prendre autant de notes demain qu'hier et aujourd'hui.

Ils terminent le repas et décident de rentrer à Annecy sans prendre de dessert. Il commence à se faire tard. Sur le chemin du retour, ils discutent de la tournée des châteaux que Christelle veut faire après la formation.

Lorsqu'ils arrivent dans le stationnement de l'hôtel, Xavier se dépêche de sortir pour ouvrir la portière et aider Christelle à quitter la voiture.

— Merci, Monsieur.

— Tout le plaisir est pour moi, gente dame.

Il lui prend la main, et ils montent jusqu'à la chambre de Christelle. Elle cherche sa clé.

— Je n'entrerai pas ce soir. Nous avons une autre longue journée de formation demain, et lorsque nous serons enfin ensemble, je ne veux pas me sentir pressé.

Il se penche et l'embrasse tout doucement sur les lèvres.

— À demain, ma douce.

— À demain.

Christelle entre dans sa chambre et se retient de crier. Elle aurait tellement voulu qu'il entre avec elle, mais elle comprend son raisonnement. Ça ne sera que meilleur demain. Elle se laisse tomber sur le lit.

— Oh mon Dieu! Comment vais-je faire demain pour me retenir de l'entraîner dans un coin, et lui sauter dessus ?

Chapitre 16

Christelle se réveille avant que l'alarme sonne. Elle la désactive et commence à se préparer en chantant.

Elle a passé une magnifique soirée avec Xavier, et elle a très hâte de le revoir. Si elle avait eu 20 ou 30 ans, même, il aurait déjà été dans son lit. Elle aurait insisté. Il faut dire qu'elle avait le tour pour obtenir ce qu'elle voulait, à l'époque. Même si l'envie était grande, elle ne se sent pas pressée maintenant. Elle est contente qu'il pense comme elle.

Après son petit-déjeuner, elle décide de prendre les devants et elle appelle Xavier dans sa chambre.

— Oui, bonjour.

— Bonjour, Monsieur Xavier, vous avez bien dormi?

Elle entend son rire qui la réchauffe.

— Ha ha! Très bien, madame Christelle. Vous êtes prête pour une autre belle journée de découvertes et d'apprentissage?

— Tout à fait.

— Je descends vous chercher et je vous avertis, je vous tiendrai la main jusqu'à la salle et je me fous de ce que les autres pourront penser. J'ai envie de te toucher, te caresser et te prendre là, maintenant, mais, en attendant, je me contenterai de sentir ta main dans la mienne. Ça te va?

— Oui, oui, ça me va. À tout de suite.

Lorsqu'ils arrivent à la salle, main dans la main, personne ne fait de remarque, sauf Jackie qui se dépêche de venir à leur rencontre.

— Je savais! Vous êtes tellement faits pour être ensemble.

— Ne saute pas trop vite aux conclusions. Christelle et moi avons passé une agréable soirée hier, et j'avais envie de lui tenir la main aujourd'hui. À mon grand bonheur, elle a accepté.

— OK. Venez, ça va commencer bientôt. Je nous ai réservé une table devant.

La journée se déroule sensiblement comme les autres, malgré le fait que Christelle et Xavier n'ont qu'une envie, se retrouver enfin seuls. Ils gardent une certaine distance, et évitent de se toucher. Ils prennent le déjeuner avec le groupe, et invitent Jackie à faire une promenade dans le quartier avant de reprendre la formation. Elle en profite pour leur dire qu'elle doit les quitter immédiatement en fin de journée, pour Genève. Son mari l'attend, et ils ont un dîner de prévu chez ses parents. Ce n'est pas tout à fait vrai, mais elle sent bien qu'elle serait de trop si elle restait.

Lorsque la formation se termine avec une dernière visualisation, les participants se saluent chaleureusement. Xavier et Christelle vont voir Fabienne pour la remercier pour le séminaire et lui dire au revoir. Elle leur dit :

— Je vois que l'alchimie sacrée de l'amour a fait son œuvre. Profitez de chaque instant. J'ai vu que vous êtes inscrits pour le séminaire en Drôme. J'anticipe joyeusement de vous revoir ensemble.

Elle embrasse d'abord Xavier, et lui murmure « C'est la bonne, ne va pas tout foutre en l'air. » Et à Christelle, elle dit « Tu le mérites. Profite. ».

Ils sortent de la salle et se dépêchent de se rendre à l'ascenseur. Ils sont seuls et montent en silence. Ils se jettent des coups d'œil, mais résistent tant bien que mal à l'envie de s'embrasser. Lorsqu'ils arrivent à la chambre de Christelle, ils entrent, jettent leurs choses au sol et s'embrassent fougueusement en se caressant et en s'aidant l'un l'autre à se dévêtir, tout en se rapprochant du lit. Il la renverse sur le lit et continue de la caresser.

En sous-vêtements, Christelle frissonne sous les caresses de Xavier. Il l'embrasse dans le cou en descendant doucement, pendant que ses doigts se glissent sous la dentelle de son soutien-gorge, et caressent son mamelon qui durcit. Elle gémit. Il écarte la dentelle, et lui lèche le sein pendant que sa main se glisse dans sa culotte. Il la caresse doucement alors qu'elle soulève le bassin. Il descend ensuite tout en continuant à l'embrasser sur le ventre et retire sa culotte tout en embrassant l'intérieur de ses cuisses. Christelle a chaud. Sous l'extraordinaire doigté de Xavier, combiné à l'excitation qui est à son comble, Christelle atteint l'orgasme rapidement. Il se lève et finit de se dévêtir en la fixant intensément. Il monte sur elle et la pénètre doucement, les yeux rivés à ceux de Christelle. Elle empoigne ses fesses pour qu'il la pénètre encore plus profondément. Elle jouit une deuxième fois et il la suit peu de temps après. Il gémit de plaisir et la serre très fort dans ses bras. Il l'embrasse tout doucement et lui dit :

— C'était encore mieux que ce que j'avais visualisé.

Christelle rit avant d'avouer qu'elle avait aussi imaginé ce moment.

Ils s'endorment enlacés et se réveillent après une courte sieste. Xavier se lève, et prend la carte du service aux chambres.

— Dis donc, j'ai faim. Et si on commandait le dîner à la chambre? J'ai envie qu'on reste seuls tous les deux ce soir.

— D'accord. Moi aussi j'ai faim, et je n'ai pas envie de sortir.

Christelle appelle pour commander leur repas et ils prennent leur douche ensemble en attendant. Xavier la caresse sous la douche et la fait jouir encore une fois. C'est les jambes molles et les yeux brillants qu'elle s'installe à côté de lui sur le petit divan. On frappe à la porte de la chambre quelques minutes plus tard. C'est leur repas qui arrive. Christelle enfile son peignoir et va ouvrir.

Ils mangent dans le coin salon en discutant de la prochaine journée. Christelle a sorti les cartons publicitaires qu'elle a pris dans le hall de l'hôtel et ils planifient leur visite des châteaux.

Une fois le repas terminé, Xavier prend sa main et l'amène vers le lit.

— Et si on continuait à discuter à l'horizontale, j'ai envie de te serrer dans mes bras, de sentir encore ton corps contre le mien.

Elle le suit, mais elle n'a pas envie de discuter tout de suite, alors elle le pousse sur le lit et monte sur lui en l'embrassant. Ils font encore l'amour et s'endorment enlacés.

Le lendemain matin lorsqu'elle se réveille à côté de Xavier, Christelle se colle un peu plus sur lui. Il la prend dans ses bras et se place en cuillère derrière elle. Elle sent son désir sur ses fesses. Elle glisse encore plus vers lui, comme une invitation qu'il reçoit cinq sur cinq. Il commence à lui caresser les seins pendant qu'il embrasse sa nuque.

— Bonjour ma douce. Tu as bien dormi?

— Humm oui.

Ils font l'amour doucement. Encore.

Enlacés, la tête de Christelle sur sa poitrine, Xavier dit :

— Je dois monter à ma chambre pour me changer. Comme je risque de ne pas y retourner ce soir, qu'est-ce que tu dirais si j'allais chercher mes choses et que j'aménageais ici avec toi ce soir? Je laisserai mes bagages à la réception, et les récupérerai plus tard. J'ai envie de passer tout le temps possible à tes côtés.

— Oui, bien sûr! Ça n'a aucun sens de payer deux chambres alors qu'on n'en utilise qu'une.

— Parfait! On se retrouve dans une heure au restaurant pour aller prendre le petit-déjeuner avant la tournée des châteaux?

— Oui, ça me laisse assez de temps pour prendre une douche et me préparer.

Il l'embrasse et commence à s'habiller.

Une fois Xavier sorti de la chambre, Christelle se laisse retomber sur le lit avec un grand sourire aux lèvres. Elle ne peut pas croire ce qui lui arrive. Elle n'aurait jamais pensé que ça lui arriverait à nouveau de vibrer autant dans les bras d'un homme. Xavier a su la faire jouir plusieurs fois, en une seule nuit. Elle ne croit pas qu'il ait eu besoin d'une petite pilule bleue. Elle a bien vu qu'il a eu besoin de pauses, mais dès qu'il a repris un peu d'énergie. Oh là là!

Heureusement qu'ils ont prévu sortir. Elle a besoin de récupérer un peu, et elle a hâte de voir les châteaux.

Lorsqu'elle descend, Xavier l'attend à l'entrée du restaurant avec son sac à dos.

— Je nous ai fait préparer un goûter pour ce midi. Comme ça, on n'aura qu'à arrêter pour manger quand on aura faim. Mes valises sont dans une salle fermée à clé. Je les prendrai plus tard, quand on reviendra. Allons prendre le petit-déjeuner. J'ai une faim de loup!

— Moi aussi! Je me demande bien pourquoi.

Après un bon café et un petit-déjeuner assez copieux composé de fromages, de pain, de viennoiserie et de fruits, ils partent à la conquête de châteaux. Tout d'abord, le Château d'Annecy, puisque c'est celui qui est le plus près de l'hôtel.

Ils ne s'y attardent pas trop, car ce château n'abrite que des expositions, et Christelle veut voir de vrais châteaux, en visiter les pièces, et apprendre comment on vivait à l'époque.

Ils se rendent ensuite au Château de Clermont, qui date de l'époque de la Renaissance. Christelle y reconnaît l'architecture savoyarde et s'amuse à découvrir la vie à la Renaissance, en visitant les pièces meublées.

Ils arrêtent pique-niquer dans un parc près du lac d'Annecy avant de visiter le prochain château, celui de Menthon-Saint-Bernard.

C'est le château qui plaît le plus à Christelle. Bien qu'il ait été construit au XIIe siècle, la famille de Menthon continue à vivre sur place et permet au public de découvrir les secrets du château. Christelle est fascinée par la chambre de la comtesse, et la bibliothèque. Bâti sur le roc surplombant le lac d'Annecy, elle comprend pourquoi Walt Disney s'en est inspiré pour le château de sa Belle au bois dormant.

Ce soir-là, dans la chambre de Christelle qui est devenue la leur, ils font l'amour plusieurs fois, comme s'ils étaient affamés l'un de l'autre et n'arrivaient pas à se rassasier.

— J'ai passé une merveilleuse journée. Merci d'avoir accepté de venir visiter les châteaux avec moi.

— Ça m'a fait plaisir, et ça m'a permis de faire de beaux croquis que je vais peut-être peindre à mon retour à Carpentras.

Christelle va chercher son guide sur la ville de Genève et revient se coucher.

— Que dirais-tu qu'on commence à planifier notre visite de demain à Genève? Il y a quelques endroits que je veux voir avant de repartir.

Chapitre 17

Pendant qu'ils se préparent pour visiter Genève, le téléphone de la chambre sonne. C'est Jackie.

— Bon matin, ma chérie! Écoute, je ne prendrai pas trop de ton temps. J'imagine que vous devez avoir des plans, Xavier et toi. Hi hi! Je vous invite à dîner ce soir, chez moi. Alain vous prépare une bonne tartiflette savoyarde. Qu'en penses-tu?

— Attends. Je vérifie. Xavier, c'est Jackie. Elle nous invite à dîner ce soir. C'est OK pour toi?

— C'est parfait. Bonjour Jackie!

— T'as entendu? C'est parfait, on y sera. Tu nous attends à quelle heure? Tu veux qu'on apporte quelque chose?

— Non, ça va. Je vous veux juste tous les deux, à 18 heures. On prendra l'apéro tranquillement. Belle journée les tourtereaux! À ce soir!

Xavier et Christelle prennent le petit-déjeuner dans la chambre, et se préparent pour une journée de tourisme à Genève. Christelle veut voir le jet d'eau. Il parait qu'il fait plusieurs fois celui de la carrière à Gatineau, près du Casino du lac Leamy. Elle veut aussi marcher le long de la rive du lac Léman. Bien sûr, comme ils sont en Suisse, elle aimerait bien visiter une chocolaterie.

Ils visitent tous les endroits que Christelle veut voir : le Palais des Nations, la cathédrale Saint-Pierre et le musée d'art et d'histoire. Ils mangent une délicieuse pizza après leur visite au Musée d'art moderne et contemporain.

Xavier l'amène aussi à Carouge où ils visitent plusieurs boutiques sur la rue Ancienne, et arrêtent manger une glace sur la place du marché. C'est beau, les gens sont gentils, souriants, et Christelle adore se promener main dans la main avec lui. Ils passent une journée magnifique.

Ils reviennent à l'hôtel en fin d'après-midi et décident de faire une sieste. Xavier caresse Christelle doucement et ils ne s'endorment qu'après avoir encore fait l'amour, tendrement.

Lorsqu'ils se réveillent, ils prennent leur douche chacun leur tour pour éviter d'être en retard à leur soirée chez Jackie. Malgré la demande de Jackie de ne rien apporter, ils ont acheté un bouquet de fleurs et une petite boîte de chocolats. On n'arrive pas chez des amis les mains vides.

Cette fois, plutôt que de voyager en silence, Xavier choisit de mettre un peu de musique. Christelle est un peu surprise d'entendre des chansons des années 80, mais elle se met à chanter avec Xavier. Elle trouve ça bien drôle de l'entendre chanter en anglais avec son accent. D'ailleurs, elle rit toujours quand elle entend quelqu'un dire « Ze voice », « Ze, car ». En vivant à Gatineau, si près de l'Ontario, Christelle fait partie de ceux qui vivent autant en anglais qu'en français, et dont l'accent n'est pas très prononcé. Quand ils arrivent chez Jackie, ils crient avec Cindy Lauper. « *Girls, just wanna have fun* » Jackie les entend arriver et elle est contente de voir que ses amis s'amusent ensemble. La vie est trop courte pour s'ennuyer.

Elle va les rejoindre et les embrasse.

— Tiens, j'ai apporté des fleurs. Sens-toi bien à l'aise de les mettre ailleurs si tu en as déjà sur la table.

— Merci! Elles seront magnifiques dans mon bureau et je pourrai les voir tous les jours et penser à toi.

— Venez! Rentrons. Mon mari nous attend à l'intérieur. Je lui ai donné corvée de patates. Hihi! J'ai pensé qu'on pourrait célébrer la première visite de mon amie québécoise et votre rencontre, alors j'ai des bulles au frais.

— Super! Je suis toujours partante pour une coupette.

Ils entrent dans la maison et Alain, le mari de Jackie, vient les accueillir. Jackie fait les présentations, sert le champagne, et Alain retourne en cuisine pour terminer la préparation de sa fameuse tartiflette savoyarde. Xavier l'accompagne sous prétexte de laisser les amies discuter entre elles. Il se doute que Christelle en a peut-être long à raconter à Jackie.

Les deux amies s'installent au salon d'où elles peuvent voir les hommes dans la cuisine. Ces derniers discutent en chuchotant. Christelle est avare de détails, se disant qu'elle aura le temps de discuter avec Jackie demain, quand celle-ci ira la conduire à l'aéroport.

Alain met la tartiflette au four et les hommes viennent les rejoindre au salon. Les quatre amis discutent des châteaux visités la veille et des attraits de Genève.

Christelle aime bien la tartiflette, un savant mélange de pommes de terre, oignons, lardons et fromage Reblochon, mais elle est reconnaissante qu'il y ait une salade pour ajouter une touche de fraîcheur. Pour dessert, Jackie sert un léger sorbet à la framboise, et partage les chocolats que Christelle et Xavier ont apportés. C'est parfait après un repas aussi copieux. Les amis discutent encore un peu, et Xavier propose de rentrer, car Christelle doit se lever tôt le lendemain pour aller prendre son avion.

Xavier a choisi une musique un peu plus calme pour le retour, un de ses vieux disques compacts de Claude Barzotti. Il est étonné d'entendre Christelle chanter aussi. Elle connaît toutes les chansons.

— T'as l'air surpris. Pourtant, Claude a aussi traversé l'océan, tout comme Herbert Léonard et Johnny!

— Du coup, je n'y avais pas pensé. T'as raison et j'aime t'entendre chanter. On sent que tu aimes ça.

— Oui, j'ai toujours aimé chanter.

Quand ils entrent dans la chambre, ils se dépêchent à retrouver le lit douillet. Ils savent que c'est leur dernière nuit ensemble avant longtemps, et veulent savourer chaque instant. Ils ont de la difficulté à s'endormir. C'est Xavier qui brise le silence.

— Tu n'arrives pas à dormir toi non plus?

— Non! Je dois prendre l'avion dans quelques heures et je n'ai vraiment pas envie de partir.

— On dit qu'il faut parfois partir pour mieux revenir. Moi non plus je n'ai pas envie de quitter notre petite bulle de passion, mais il faut retourner à nos vies. Allons, approche-toi un peu et dormons.

Christelle fait sa valise à contrecœur pendant que Xavier, qui n'a pas défait la sienne depuis qu'il a emménagé avec elle, lit un livre. En passant près de lui, elle voit qu'il est en train de lire « La grande mascarade », le premier tome de la trilogie d'A.B. Winter.

— C'est un bon livre que tu lis. Tu savais qu'il y a une trilogie? Je l'ai terminée il y a quelques mois. Ça me remue encore. Il m'arrive parfois de me demander quels masques j'ai bien pu mettre alors que j'étais enfant, et à quel moment j'ai décidé de les mettre.

— Celui qui me vient, c'est le masque du garçon sérieux, quand mes parents m'ont dit qu'être artiste n'est pas un métier et que je devais me trouver une vraie profession. Je n'avais que 12 ans, je crois.

— Comme c'est triste que nos parents pensant bien faire nous aient projetés vers des avenirs qui n'étaient pas pour nous. Ton histoire me rappelle que lorsque j'étais gamine, j'aimais beaucoup me donner en spectacle. Je chantais, je dansais et je faisais aussi quelques petites acrobaties. Puis, j'ai cessé. Je me suis transformée en jeune femme sage, qui ne fait pas trop de vagues. Il ne fallait surtout pas déranger.

— Tu es encore comme ça. Tu restes dans ta coquille, jusqu'à ce qu'on t'ait apprivoisée. Une fois qu'on te connaît, que tu saches que tu peux nous faire confiance, c'est comme si tu devenais quelqu'un d'autre. Tu t'épanouis comme une fleur au soleil. J'aimerais bien voir la fleur plus souvent.

Elle rougit, puis s'assoit sur le lit, songeuse.

— Tu as raison. Je ne sais pas de quoi j'ai encore peur. J'ai encore du mal à faire confiance, on dirait. Je n'ose pas me montrer telle que je suis, de peur qu'on me casse. Avec toi, c'est différent. C'est comme si j'avais tout de suite su que je pouvais être moi. C'est probablement parce que tu es ami avec Jackie, et que j'ai confiance en elle.

— Ah! Jackie! Faudra lui dire merci à celle-là!

Elle s'approche de lui et s'assoit sur ses genoux pour l'embrasser.

— Tu as mon courriel. Tu vas m'écrire?

— Mieux que ça, ma belle. Je t'ai envoyé une invitation sur Facebook. Comme ça, on sera en contact en tout temps par messagerie privée, et on pourra faire des vidéoconférences. Ce ne sera pas comme de t'avoir ici dans mes bras, mais en attendant de te retrouver, je m'en contenterai.

— Facebook? Ha ha! Je n'ai pas vérifié mes réseaux sociaux ni mes courriels depuis mon arrivée en France. Je devais publier une photo de Jackie et moi prise à mon arrivée, et je ne l'ai pas fait. J'imagine que je serai inondée de messages à mon retour. Je ne suis pas pressée. D'accord mon beau, j'accepterai ton invitation quand j'arriverai chez moi, ce soir.

Elle se lève, fait le tour de la chambre pour s'assurer qu'elle n'a rien oublié, et prend sa valise.

— Je dois descendre. Jackie est peut-être déjà arrivée pour me conduire à l'aéroport.

Il se lève à son tour et la prend dans ses bras.

— J'aurais vraiment aimé te raccompagner, mais je comprends que tu souhaites aussi passer un peu de temps avec ton amie, surtout que c'est avec elle que tu devais passer tes dernières journées de vacances.

— Merci de comprendre. Je préfère te dire au revoir ici.

Ils s'embrassent longuement avant qu'elle ne brise leur étreinte.

— Je dois y aller. À bientôt.

Christelle part sans se retourner, de peur de se mettre à pleurer. C'était tellement intense entre eux ces derniers jours.

Chapitre 18

Jackie est déjà dans le hall de l'hôtel quand les portes de l'ascenseur s'ouvrent. Christelle la salue.

— Bonjour Jackie! Je dois régler ma chambre, et on pourra partir.

— Prend le temps qu'il faut. Donne-moi ta valise, je vais attendre dans l'auto. Je suis stationnée devant.

Christelle remet sa clé de la chambre et paie son séjour. Le préposé lui tend alors une grande enveloppe avec son nom et une phrase, « Ouvrir une fois arrivée à Gatineau ».

— Madame, on nous a remis ceci pour vous.

— De qui est-ce?

— Je ne sais pas. C'était dans le casier de votre chambre. C'est probablement arrivé pendant un autre quart de travail. Je n'ai vu personne avec une enveloppe ce matin.

— Comme c'est mystérieux. Merci!

Elle range l'enveloppe dans son sac, et sort rejoindre Jackie.

— Qu'est-ce qui se passe? T'as un drôle d'air.

— Oh, c'est probablement juste le choc du prix de ma chambre.

— OK, allons-y. On a 40 minutes devant nous, alors raconte-moi vite les deux derniers jours que tu viens de passer, à part la soirée d'hier puisque j'y étais. Hi hi! Enfin, tu racontes ce que tu peux, hein?

Christelle raconte la journée de visites aux châteaux et le plaisir qu'elle a en compagnie de Xavier. C'est tellement simple d'être avec lui. Elle ne raconte pas les détails croustillants, mais Jackie n'a pas besoin de les connaître, pour les deviner. Son amie rayonne, et ça lui suffit.

— Je suis ravie pour toi et pour lui! Vous vous méritez tellement.

— Peut-être, mais avec plus de 6 000 kilomètres qui nous séparent, ce ne sera pas facile. Je me suis déjà attachée à lui. Ça reste entre nous, OK? Je ne veux pas qu'il pense que je suis amoureuse et le faire fuir.

— Pas de souci, ça reste entre nous. Franchement, avec les Skype, Facebook et toutes les options sur Internet, vous allez pouvoir rester en contact. Il y a au moins ça de bon avec les technologies. Elles rapprochent les gens qui sont loin. On est arrivées. On prend ta valise, et je t'accompagne jusqu'à la sécurité.

Christelle enregistre ses bagages et elles montent ensemble au comptoir de sécurité pour qu'elle puisse faire la file avec les dizaines de voyageurs devant elle.

Les amies s'embrassent en tentant de retenir leurs larmes, puis Christelle commence à se préparer en sortant son passeport.

— Bon vol, ma chérie. On se revoit bientôt.

— Merci beaucoup Jackie. J'ai déjà hâte à nos retrouvailles.

Christelle n'aime pas les adieux, ni passer les barrières de sécurité, même si elle sait qu'elle n'a rien à se reprocher. Une fois, elle a dû vider son sac de cosmétiques transparent parce que l'agent disait que c'était plus qu'un litre. Après avoir placé tous les produits qui étaient vraiment considérés comme des liquides dans un sac d'un litre, et laissé les autres dans le sac à cosmétiques transparent, ils ont vite réalisé qu'elle respectait la quantité, mais elle a eu tellement honte. Elle avait l'impression que tout le monde la regardait. Cette fois-ci à Genève, tout se passe bien, et elle peut s'engager dans les longs corridors jusqu'à sa porte d'embarquement qui est à l'autre bout de l'aéroport.

Lorsqu'elle arrive, il lui reste encore un peu de temps et elle décide de lire un peu. En fouillant dans son sac, elle touche à la grande enveloppe. Ça l'intrigue tout en l'amusant. Elle sait qu'elle pourrait l'ouvrir, car elle se doute un peu de qui elle peut venir, mais elle a choisi de jouer le jeu à fond. Elle attendra d'être arrivée chez elle.

Elle n'a le temps de lire que quelques pages avant qu'on invite les passagers du vol 835 à destination de Montréal à se présenter au comptoir pour faire vérifier leur passeport et leur bagage à main. L'embarquement se fera quelques minutes plus tard.

Une fois bien installée dans son siège près du hublot, Christelle vérifie la console de divertissement sur le dossier du siège devant elle. Elle choisit un film mettant en vedette Melissa McCarthy, ça lui fera du bien de rire un peu.

Elle choisit ensuite de syntoniser la chaîne de musique classique pour le reste du voyage. Elle réussit à faire une sieste malgré le bruit des moteurs et les pleurs des bébés. Elle sourit en pensant à la cause de sa fatigue.

Lorsqu'elle atterrit à Montréal, elle appelle son amie Patricia pour lui dire à quelle heure elle pourra venir la chercher à l'aéroport d'Ottawa.

Patricia est celle avec laquelle Christelle partage sa passion pour la croissance personnelle. Elles sont allées ensemble voir le film « What the Bleep do we know? » au cinéma Bytowne à Ottawa. D'ailleurs, Christelle l'appelle sa *pusher* de livres et de films initiatiques. C'est grâce à Patricia qu'elle a lu et adoré « Le guerrier pacifique » de Dan Millman, « Le Shack » de William P Young, et plusieurs autres livres du même genre.

Elles partagent aussi leur amour de l'écriture, des êtres humains en général, et leur humour un peu sarcastique, par moments. Patricia, une multi-potentielle au grand cœur, a touché à presque tous les métiers qui font appel à la créativité, la peinture, le graphisme et la fabrication de bijoux. Elle est aussi auteure, et elle dirige sa propre maison d'édition. C'est elle qui a publié les premiers livres de Christelle. Patricia a aussi le sens de la célébration et leurs soupers de filles avec deux autres amies sont toujours joyeux et bien arrosés.

Le vol Montréal-Ottawa est très court et Christelle trouve ça drôle parce qu'elle a eu l'impression de décoller, et d'amorcer l'atterrissage presque aussitôt.

Elle récupère sa valise et envoie un texto à Patricia pour lui dire qu'elle est prête. Celle-ci quitte le stationnement et vient la cueillir devant la porte. Elle sort de l'auto pour aider Christelle avec ses bagages.

— Allô! T'as fait un beau voyage? C'était le fun la formation?

Christelle éclate de rire.

— Wooh! Laisse-moi le temps de m'assoir dans l'auto et je t'en raconterai un bout pendant le trajet. J'ai hâte d'arriver chez nous.

— T'as raison. Huit heures d'avion, c'est long. J'te comprends.

Christelle raconte donc à Patricia une partie de son voyage, sans lui parler de Xavier. Elle lui parle du séminaire de Fabienne, des repas gastronomiques et des magnifiques paysages qu'elle a vus.

— Wow! Tu dois avoir la tête pleine de beaux souvenirs. Tu as pris des photos j'espère.

— Oui, j'ai pris des photos. J'en placerai quelques-unes sur Facebook quand j'arriverai. J'avoue que les réseaux sociaux ne m'ont pas manqué du tout pendant le voyage.

Chapitre 19

— Je ne monterai pas avec toi aujourd'hui. Profites-en pour retrouver tes repères, et on s'organisera un souper bientôt.

— Merci Patricia! Tu me comprends tellement. Oui, j'ai besoin d'un peu de temps, toute seule. Je t'envoie une invitation quand je connaîtrai mieux mon horaire. On se fera un souper de filles. Je ne sais pas encore ce que mon adjointe a ajouté comme rendez-vous pendant mon voyage.

Elles se font un câlin et Christelle monte chez elle. Elle arrête chez la voisine pour prendre son courrier qui se résume à un état de compte et plusieurs encarts publicitaires. Elle reçoit la plupart de ses comptes par courriel. Il ne reste que quelques irréductibles qui ne sont pas passés au mode « sans papier ».

Elle dépose le courrier sur la table et sa valise sur son lit, pour la vider. Elle range le cahier du participant sur son bureau et décide de faire la lessive tout de suite après avoir rangé la valise vide dans le fond de l'armoire de sa chambre.

Elle fait chauffer l'eau pour se faire une tisane et appelle sa mère pour lui dire qu'elle est revenue. Cette dernière est contente d'avoir des nouvelles de sa fille et d'apprendre qu'elle a fait un beau voyage. Elles discutent un peu et Christelle lui dit qu'elle apportera ses photos de voyage lorsqu'elle ira la voir dans quelques semaines pour célébrer les fêtes de fin d'année.

Elle raccroche, prend sa tasse et l'enveloppe, et s'installe dans son fauteuil. Elle regarde la calligraphie qui ressemble à celle de Xavier, pour ce qu'elle s'en souvient.

Christelle est fébrile. Qu'y a-t-il à l'intérieur? Elle ouvre l'enveloppe doucement, pour éviter d'en abimer son contenu. L'enveloppe contient deux feuilles. Sur l'une d'elles, il y a un portrait d'une femme dessiné au crayon. Elle place sa main devant sa bouche pour étouffer un cri de stupéfaction. C'est son portrait! Elle ne peut pas retenir ses larmes. C'est tellement beau, elle se trouve belle, et il n'y a qu'une personne qui peut la voir comme ça. Xavier.

Elle se dépêche à déplier l'autre feuille sur laquelle il lui a écrit un court message.

Ma douce, ma belle dame de cristal

    Nous nous sommes quittés ce matin et déjà je me languis de toi.

    J'ai retardé le moment de te montrer mes dessins parce que je voulais t'offrir ce portrait que j'ai dessiné après cette toute première soirée avec toi. Vois comme tu es belle à mes yeux. Ta beauté ne s'arrête pas à tes traits, mais s'étend au-delà. Ta grande sensibilité et ton écoute font de toi une femme merveilleuse qu'on a envie de connaître encore plus.

    S'il t'arrive de douter de toi, de ta valeur, regarde ce portrait et rappelle-toi ces doux moments que nous avons passés ensemble.

« La fragilité du cristal n'est pas une faiblesse, mais au contraire une qualité. Ce qui rend possible sa beauté. » [6]
À très bientôt,
Xavier

PS J'attends avec impatience que tu acceptes ma demande d'amitié sur Facebook. :-)

Ce message la touche et elle rit en lisant la toute dernière ligne. Elle se lève et va fouiller dans l'armoire de son bureau. Elle y trouve un cadre parfait pour le portrait qu'elle place sur l'étagère dans son salon, là où elle pourra le voir chaque jour.

Elle va chercher son ordinateur portable dans son bureau et s'installe à la table. Elle a envie de pouvoir regarder par la fenêtre, même s'il fait déjà noir. Elle s'est ennuyée de son petit appartement, de son quartier.

Elle se connecte à son compte Facebook. Elle y trouve l'invitation de Xavier qu'elle accepte tout de suite, et les dizaines de notifications qui l'attendent. Elle n'a rien manqué de ce côté.

Elle écrit un message privé à Xavier.

« J'ai bien reçu ton cadeau et c'est magnifique. Je l'ai encadré et placé là où je pourrai le voir chaque jour pour penser à toi. Tu me manques déjà. Ta bouche, tes mains, ton corps... tout de toi me manque. Heureusement, nous aurons la technologie pour nous voir et nous entendre. Ce sera quand même dur de ne pas pouvoir te toucher.

Dis-moi quand tu voudras qu'on se parle de vive voix, ici ou sur une autre plateforme. »

---

[6] Le père de Frédéric Chaudier, réalisateur de Les Yeux ouverts

Elle décide de fermer son ordinateur et d'aller se coucher. Il est 21 heures à Gatineau. La journée a été longue, et si elle tient compte du décalage, c'est comme si elle était réveillée depuis 1 heure du matin. Heureusement, elle n'a aucun rendez-vous demain. Elle pourra en profiter pour faire le tri de ses courriels et revenir tranquillement à la réalité.

Elle en profitera aussi pour télécharger les photos qu'elle a prises.

Elle s'endort en pensant à Xavier. Elle souhaite que ce soit plus qu'une aventure de voyage, et qu'il y ait une suite malgré la distance qui les sépare. Tout porte à croire que c'est du sérieux pour Xavier.

Quand elle se réveille, Christelle est heureuse de réaliser qu'elle est chez elle, dans sa chambre. C'est agréable la vie d'hôtel, mais c'est aussi vrai qu'on est bien chez soi.

Elle s'habille et décide d'aller marcher pour bien commencer la journée. Elle retrouve avec joie ses repères, et lorsqu'elle revient de sa marche, elle arrête au Moca Loca pour un bon grand café latté. La barista est contente de la revoir et lui demande si elle a fait un beau voyage. Christelle lui parle un peu des châteaux qu'elle a vus.

Elle monte ensuite chez elle, prend sa douche et s'installe devant son ordinateur pour vérifier les courriels et faire un suivi avec son adjointe.

Tout s'est bien passé et elle a même des rendez-vous avec de nouvelles clientes dans les prochains jours.

— Je devrais partir plus souvent! Les affaires continuent même quand je ne suis pas là.

Une fois les messages indésirables et les infolettres qu'elle n'aura pas le temps de lire supprimés, il ne reste que quelques messages de clientes qui étaient au courant de son voyage et qui souhaitaient simplement l'informer de leur progression. Elle prend le temps de leur répondre, puis va chercher son appareil photo pour télécharger les images qu'elle a prises. Elle a pris tellement de photos, qu'elle ne se souvient pas de tout ce que l'objectif a capté.

Quand le téléchargement est terminé, elle commence à regarder les images. Elle rit en voyant les photos d'elle et Jackie, et s'émeut devant la beauté du lac d'Annecy. Parmi les photos prises lors de la visite des châteaux, elle voit une photo qu'elle ne se souvient pas avoir prise.

Sur l'écran devant elle, en gros plan, Xavier la regarde en souriant. C'est clair qu'il s'agit d'un autoportrait. Il a dû le prendre à son insu. Elle sourit en le regardant, puis elle sent son regard qui la transperce. Elle a l'impression de savoir à quoi il pensait, et ça lui donne chaud. Elle décide d'en faire son image d'accueil. Comme ça, elle le verra à chaque fois qu'elle ouvrira son ordinateur.

Elle continue à trier ses photos. La plupart des images qui restent sont des photos de touriste, un paysage, un château, une statue et une autre photo qui l'émeut sort du lot. C'est une photo qui a été prise d'elle et Xavier sur le bord du lac Léman, avec le jet d'eau en arrière-plan. Celle-là, elle l'envoie à Xavier et décide de la faire imprimer. Elle a peu de photos sur ses murs, mais celle-ci la rend heureuse, alors elle va l'encadrer.

Une fois son tri terminé, elle décide de créer un diaporama qu'elle pourra montrer à sa mère et à ses amies.

Avant de fermer son ordinateur, elle vérifie son compte Facebook. Il y a un message de Xavier.

J'imagine que tu as téléchargé tes photos. Elles te plaisent?

Oui, il y en a une qui me plaît particulièrement et je l'ai choisie comme écran d'accueil. Merci!

Ha ha! J'ai pensé que tu apprécierais. Je l'ai prise pendant que tu prenais la photo des nouveaux mariés devant le château avec leur téléphone.

Ah! C'est à ce moment-là. J'ai cherché quand tu avais pu la prendre.

J'ai envie de te voir. Que dirais-tu de faire une vidéoconférence ce soir à 22 heures? Il sera, quoi, 16 heures chez toi? T'auras terminé?

Oui, j'aurai terminé. À ce soir!

Elle se déconnecte de Facebook et décide de travailler un peu sur son prochain livre en attendant de parler de vive voix avec Xavier. Il lui manque déjà, même s'ils se sont vus la veille.

Heureusement, elle doit faire un peu de recherche sur les lieux dont elle veut parler dans son roman, ce qui la distrait. Elle ne voit pas le temps passer.

À 16 heures, comme convenu, Christelle se verse un verre de vin et se connecte à la vidéoconférence. Xavier est là, souriant. Vêtu d'une chemise blanche, sans cravate, le col déboutonné, elle le trouve tellement beau. Elle peut voir qu'il s'est installé dans ce qui semble être son bureau. Tout de suite, il s'informe de sa journée.

— Bonsoir! Comment s'est passé le reste de ta journée?

— Très bien. J'ai fait un peu de recherche pour mon roman. C'est plus difficile que je pensais. Je crois que je vais devoir aller à la bibliothèque. Ça tombe bien, il y en a une à moins de 200 mètres.

— Ah bien dis donc, il va falloir que tu me fasses visiter ton coin de pays un de ces jours, parce que ça semble bien chez toi.

— T'as qu'à me dire quand tu viens et je te ferai visiter avec plaisir.

— Je pense que je vais attendre un peu. Tu sais, je n'aime pas avoir froid. Et puis, tu reviens en France dans quelques mois. J'ai envie qu'on apprenne à se connaître encore mieux, en attendant. On n'a pas tant discuté que ça à Annecy. Ha ha! Et si tu me parlais de la petite Christelle? Tu m'as dit que tu rêvais d'être écrivaine, mais quelle sorte d'enfant étais-tu?

— J'étais une enfant sage et plutôt solitaire. Je me souviens de longues journées passées à lire ou à me promener dans le sentier derrière notre maison. Mes parents ne s'inquiétaient pas pour moi, car nous habitions à la campagne et c'était très sécuritaire, contrairement à aujourd'hui. J'aimais cet endroit où nous vivions de mes 8 à 10 ans. Il y avait un ruisseau de l'autre côté du chemin avec un pont que mon père et mon oncle avaient construit. J'aimais m'y installer pour regarder les poissons ou pour y faire du Hula hoop. Tu sais, le cerceau qu'on fait tourner sur nos hanches? C'est drôle, ça fait plus de 40 ans de ça, mais je me revois en train de faire mes 300 tours et regarder vers la maison. Ma mère me surveillait. Je suis entrée dans la maison et j'ai dit « Maman, j'ai fait 300 tours de cerceau. » Et elle m'a souri en disant « Oui, je t'ai vue. Je n'ai pas compté les tours, mais tu as réussi à le faire tourner longtemps. Je n'en revenais pas. Bravo! » C'est un des moments où j'ai senti que ma mère était fière de moi, pour autre chose que mes résultats scolaires.

— Tes résultats scolaires? Tu veux dire que tu étais un petit génie à l'école?

— Au primaire, oui. Je dirais jusqu'à l'âge de 13 ans. C'est à la deuxième année du secondaire que ça a commencé à se gâter. Quand j'ai compris que les garçons n'étaient pas très intéressés par les filles intelligentes, mais que ma forte poitrine était plus attirante.

— Comme c'est dommage. Ça me plaît qu'une femme soit intelligente. Et si cette intelligence est dans une aussi belle tête que la tienne, alors là!

— Ha ha! Grand séducteur, va! Je ne crois pas que ce soit mon intelligence qui t'ait attiré en premier. Je n'avais encore rien dit que tu me collais aux baskets.

— Tiens, tiens, la Québécoise qui prend des expressions françaises maintenant. Ha ha! C'est vrai que tu n'as rien dit, mais il y avait quelque chose dans ton regard, dans ta vibration, qui m'a immédiatement plu. J'avais envie de mieux te connaître. Tu sais, même si on a passé des moments fantastiques à Annecy, je sens que je n'ai vu que la pointe de l'iceberg. J'ai encore plus envie de te connaître, et je pense que les prochains mois à discuter comme ce soir vont approfondir mes connaissances de ma dame de cristal.

— Oui, tu as raison. Je te taquinais. C'est vrai qu'en étant séparés par des milliers de kilomètres, on risque moins d'être distraits par nos corps. Et la tienne ton enfance, c'était comment?

— Pendant que tu lisais et te promenais dans les sentiers d'une forêt québécoise, moi je dessinais, je faisais du vélo et j'allais à la pêche avec des copains. Je me débrouillais bien à l'école et j'aidais à la ferme. Mon père était maraîcher.

Christelle et Xavier discutent de leur enfance et de leur famille jusqu'à ce qu'il bâille.

— Oh! Je suis désolé, mais il commence à être tard ici. J'ai un client en coaching demain matin. On continue une autre fois?

— J'ai une semaine chargée aussi. Et si on discutait dimanche prochain vers 9 heures, soit 15 heures, ton heure?

— C'est parfait. Bonne soirée ma douce!

— Bonne nuit.

En fermant l'application de vidéoconférence, Christelle sourit en essayant d'imaginer le petit garçon qu'a été Xavier. Elle l'imagine un peu espiègle.

Elle se prépare un souper léger, se verse une coupe de vin et s'installe ensuite devant la télévision pour regarder quelques émissions sur Netflix avant d'aller se coucher.

Chapitre 20

Quelques jours après son retour au Québec, Christelle organise un souper avec ses trois meilleures amies, Patricia, Valérie et Samantha. Comme ça, elle pourra raconter son voyage une seule fois, et leur montrer les photos qu'elle a prises si elles souhaitent les voir. Elle veut aussi leur parler de Xavier. Pour pouvoir passer le moins de temps en cuisine et bien profiter de la présence de ses amies, elle a préparé une lasagne, et la salade est prête. Il ne reste qu'à ajouter la vinaigrette.

Christelle apprécie ces soupers de filles qu'elles ont commencé il y a une dizaine d'années. Avant le décès de Philippe, c'est Patricia qui les accueillait. Christelle a pris le relais quand elle s'est installée dans son condo. L'endroit est central, et les amies s'y sentent bien.

C'est Patricia qui arrive la première avec une bouteille de champagne.

— Voyons donc, du champagne? Je t'ai manqué tant que ça, ou tu as envie de célébrer quelque chose de spécial?

— À part ton retour? Oui! Je viens d'apprendre qu'un de mes livres sera scénarisé en une série télévisée!

— Pas ton livre « Mon père, le policier » ?

— Oui! C'est en plein ça. Je capote! Il me reste à négocier le contrat, mais c'est presque confirmé. Je peux pas croire que ça m'arrive. Tu te rappelles comment les différents organismes niaient la présence de violence conjugale et de problèmes de santé mentale chez les policiers?

— Dis-en pas plus, tu pourras nous raconter tout ça quand Val et Sam arriveront. Je suis vraiment contente pour toi.

Val, c'est Valérie. Christelle l'a rencontrée alors qu'elles étudiaient toutes les deux à l'Université en sciences de l'éducation. Christelle voulait devenir enseignante et Valérie était attirée par l'orthopédagogie. C'est dans leur cours de psychologie et développement de l'enfant qu'elles se sont vues pour la première fois. Elles ont fait un travail d'équipe et depuis, elles se voient régulièrement. Même si Christelle n'œuvre plus dans le domaine de l'enseignement, Valérie continue d'aider des enfants en difficulté d'apprentissage. Les enfants l'adorent. Valérie est la seule du groupe qui est encore en couple. Elle a rencontré Alexandre durant sa première session à l'Université. Ils se sont mariés peu de temps après la fin de leurs études et ont deux belles grandes filles. Valérie sait que sa plus jeune va bientôt quitter le nid familial, et ça l'attriste un peu. Elle apprécie leurs soupers de filles qui la divertissent.

Sam, c'est Samantha, une traductrice et réviseure. C'est elle qui fait la correction de tous les textes de Christelle. Elles se sont rencontrées sur Internet alors que Christelle cherchait une personne-ressource fiable pour assurer la qualité de ses écrits. Christelle est tout de suite tombée en amitié avec cette femme douce à l'humour sarcastique, un mélange tout à fait magique. Samantha s'est récemment séparée d'un homme qui la tenait pour acquise. Elle a besoin de se refaire une estime d'elle-même et les soupers de filles organisés par Christelle lui font du bien.

Samantha et Valérie arrivent ensemble. Comme elles habitent dans le même secteur, c'était plus pratique de ne prendre qu'une voiture.

Samantha a apporté son fameux fudge et Valérie, comme d'habitude malgré les recommandations de Christelle, a apporté un sac d'épicerie plein à rebord. Christelle se demande bien à quoi elle a pensé, cette fois-ci.

— Val, t'as encore dévalisé une épicerie? Tu sais que c'était pas nécessaire. J'suis quand même curieuse. Qu'est-ce que t'as déniché pour nous aujourd'hui?

— Bin non, Kriss, c'est pas grand-chose. Comme tu arrives de France, pour ne pas que tu t'ennuies trop, j'ai apporté une baguette de pain, un brie, des fruits confits et une bouteille de vin rouge. Bon, comme je ne connais pas trop la France, j'ai apporté un vin de Provence. Le gars de l'espace Cellier à la SAQ m'a dit qu'il était très bon.

Christelle, Patricia et Samantha s'esclaffent. Christelle embrasse Valérie et prend le sac pour l'apporter à la cuisine.

— Merci! C'est parfait. Avec ce que je vais vous raconter, tu vas voir que ton vin de Provence va bien s'accorder. Allez vous assoir au salon. Je vais chercher les coupes à champagne, et je vous rejoins.

— Du champagne? T'as quelque chose à célébrer?

— Non, ce n'est pas moi. C'est Pat.

C'est justement Patricia qui voit le portrait de Christelle en premier.

— Wow! T'as fait dessiner ton portrait! C'est donc bien beau. Tu l'as fait faire là-bas?

Christelle sourit en rougissant et dépose le plateau avec les coupes sur la table, à côté de la bouteille de champagne. Elle n'a pas le temps de répondre que Samantha, l'œil de lynx, s'exclame.

— Pourquoi tu rougis? Attendez une minute les filles. Vous avez vu la signature? Xavier avec deux petits becs. J'pense pas que Kriss a payé pour faire faire son portrait, à moins qu'elle ait payé en nature!

Elles se retournent toutes en riant vers Christelle qui rougit de plus belle.

— Hum, comment je pourrais bien dire ça ? Disons que j'ai fait une belle rencontre à Annecy.

— Raconte! Je vais servir le champagne.

Christelle s'installe dans son fauteuil face à ses amies et commence à leur raconter son voyage à Annecy pendant que Patricia sert le champagne. Comme elle leur fait entièrement confiance, elle leur fait un résumé de son voyage. De la première fois où elle aperçoit Xavier jusqu'à la découverte de ce dessin dans une grande enveloppe laissée pour elle au comptoir de l'hôtel, en passant par les moments intimes, sans tous les détails, et les visites des châteaux.

Ses amies l'écoutent attentivement sans l'interrompre.

Quand elle a fini son récit, c'est Valérie qui réagit la première.

— Wow! Comme c'est romantique!

— Mets-en! Ça fait rêver, ajoute Patricia.

— Si vous voulez, après souper, je peux vous montrer mes photos de voyage. J'ai branché mon ordinateur à la télé. Mais avant, Patricia a une bien meilleure nouvelle à vous annoncer. Pat, raconte-nous donc ta bonne nouvelle.

Patricia prend une gorgée et se lève comme pour faire un discours. Christelle est amusée, et comprend tout à fait la fierté de son amie.

— Je vais aller droit au but. On va faire une série télévisée avec mon livre « Mon père, le policier ».

Les questions fusent toutes en même temps.

— Bin, là! Raconte. Comment ça s'est passé? C'est qui le producteur?

— Quand est-ce que ça va être diffusé?

— Sais-tu qui va jouer les rôles de la fille et du policier?

Patricia éclate de rire.

— Minute papillon! J'ai même pas encore fini de négocier le contrat. J'ai aucune espèce d'idée à qui on va distribuer les rôles importants, mais j'aimerais ça avoir mon mot à dire. Je veux aussi pouvoir relire le scénario. J'ai trop souvent vu des séries basées sur des livres qui n'avaient presque plus rien du livre. En tout cas, je suis contente que la violence conjugale chez les policiers soit enfin assez reconnue pour qu'on accepte de porter mon histoire à l'écran.

Le four sonne et Christelle se lève pour commencer le service. En bon leader, elle distribue les tâches.

— C'est presque prêt. Sam, veux-tu venir m'aider à servir la salade? Val, veux-tu t'occuper de couper la baguette? Pat, tu débouches le vin?

Elles s'installent pour manger et poursuivent la discussion. Samantha sourit en leur annonçant.

— Moi aussi, j'ai quelque chose à célébrer. Ma fille vient de m'annoncer que je vais être grand-maman!

— Wow! Félicitations! Es-tu contente?

— Bien, sur le coup, j'ai pensé que je suis trop jeune pour être grand-mère et après je me suis dit que c'est parfait. Je suis en forme et je vais voir grandir cet enfant. Je suis très contente. Vous auriez dû les voir elle et son copain quand ils m'ont annoncé la nouvelle. Je pense qu'ils avaient un peu peur de ma réaction. Je les ai embrassés et les ai félicités. C'était la chose à faire, même si je les trouve un peu jeunes. Ils s'aiment, et je sens qu'ils aiment déjà leur enfant. Maintenant j'ai hâte de voir la frimousse de cette petite boule d'amour.

— Tu vas être une super mamie.

Valérie prend ensuite la parole pour raconter les visites d'appartements qu'elle a faites avec sa fille qui s'en va étudier à St-Jérôme.

— J'vous dis, c'est pas évident de voir mon bébé qui s'apprête à voler de ses propres ailes. Je vais tellement m'ennuyer.

— Voyons, c'est quand même pas si loin que ça, St-Jérôme.

— Tu peux pas comprendre Sam, ta fille reste dans ton duplex. T'as juste à monter une douzaine de marches pour aller la voir. J'ai l'habitude de la voir tous les jours. On va marcher, on fait les courses et on visite les musées ensemble. J'ai l'impression que je vais perdre ma meilleure amie.

— C'est fin pour nous autres.

— Tu sais ce que je veux dire. Vous autres, c'est pas pareil. Vous ne dépendez pas de moi.

Christelle, la diplomate du groupe, essaie de calmer un peu l'atmosphère. Elle s'approche de Valérie et la serre dans ses bras.

— T'as raison Val. Même si je n'ai pas eu d'enfant, je peux comprendre. Je sais comment Josiane et toi êtes proches depuis sa naissance. J'imagine que ça doit être comme si on t'arrachait une partie de toi.

— C'est en plein ça.

Valérie essuie ses larmes, et continue de manger en silence.

Lorsqu'elles terminent le repas, elles retournent au salon. Christelle leur sert un thé avec le fudge que Samantha a apporté.

— Prêtes à voir mes photos de voyage? Je me sens comme lorsqu'on était jeune et qu'on regardait les diapositives de voyages de mes oncles et tantes. Je trouvais ça long. Si vous ne voulez pas les voir, c'est correct. Je comprends.

— Tu sais bien qu'on meurt d'envie de les voir.

— Oui, vas-y, part nous ça. Si on est chanceuse, on va peut-être le voir, le fameux Xavier dessinateur.

— OK d'abord. De toute façon, j'ai fait le tri et je n'ai gardé que les meilleures images.

Christelle allume la télé et commence le diaporama. Elle contrôle la vitesse des images et commente chacune. Elle leur raconte sa visite des châteaux et c'est parmi celles-ci que le selfie de Xavier apparait. Valérie s'exclame en premier.

— Wow! C'est lui Xavier? Y'est donc bin beau! J'pense que je serais restée là-bas si j'avais été à ta place.

Samantha, elle, ne cache pas sa méfiance.

— Ouin, c'est vrai qu'il est beau, mais je trouve qu'il a une face de menteur. Fais attention. Moi je ne lui ferais pas confiance aveuglément. Remarque, j'ai peut-être eu trop de mauvaises expériences dernièrement.

— Je peux comprendre comment tu te sens, Sam. Ce que j'ai vu, entendu et vécu là-bas m'inspire confiance. J'ai décidé de profiter de chaque moment et de prendre ça une étape à la fois. Hey! Ça faisait plus d'un an que je n'avais eu un homme dans mon lit. Je me suis gâtée certain!

Elles éclatent toutes de rires et Christelle continue à montrer ses photos en décrivant le contexte dans lequel elles ont été prises. La dernière photo, c'est la photo qu'on a prise de Christelle et Xavier.

Elles applaudissent comme des fillettes à la fin d'un beau spectacle.

— Hon! Vous êtes donc bien beaux ensemble.

— Coudonc, quand allez-vous vous revoir? Ce sera pas évident être séparés. C'est quoi? 6 000 kilomètres qui vous séparent?

— À peu près ça, oui. Notre coach donne un autre séminaire en juin, en Drôme provençale. On s'est inscrit tous les deux. Xavier habite en Provence. Je ne sais pas si c'est dans la Drôme ou proche de là. Je n'ai pas encore vérifié sur la carte.

— Tout à coup, il t'invite à loger chez lui? Vas-tu dire oui?

Christelle rougit encore parce que c'est ce qu'elle souhaite vraiment, au plus profond d'elle-même.

— Peut-être. On n'en a pas encore parlé. C'est quand même dans plusieurs mois. Les choses ont le temps d'évoluer dans un sens comme dans l'autre.

La soirée se passe dans les rires et les spéculations. Samantha raconte sa dernière mésaventure amoureuse. Elle a le don d'attirer des hommes qui ne la méritent pas, et qui la déçoivent. Ses amies tentent de l'encourager en lui disant que le bon pour elle est là, quelque part à l'attendre, qu'elle ne doit pas se décourager.

— Peut-être que je devrais aller en France, moi aussi? Ou en Espagne? Un bel espagnol au teint basané et à l'accent *caliente*. Mon Xavier à moi, c'est peut-être un Javier ou un Juan.

Elle se lève et fait quelques pas de salsa pour faire rire ses amies.

Elles continuent à discuter, puis les sujets épuisés, elles se préparent à partir. Chacune fait ses vœux de bonheur à Christelle en lui souhaitant bonne nuit.

Patricia, qui est arrivée la première, part la dernière.

— Tu sais, Christelle, je suis vraiment heureuse pour toi. Je te souhaite que ça marche avec Xavier. Au début, ça risque d'être dur de vivre un amour à distance. Si tu penses que c'est le bon, lâche pas. Laisse-toi pas affecter par les commentaires de Sam. Elle a peur pour toi, c'est tout. On est là pour toi, dans les moins bons moments, et aussi pour partager ton bonheur. Je t'aime mon amie!

— Moi aussi, je t'aime Pat. Merci de me dire ça. Ça me fait du bien de me sentir soutenue. Merci d'être venue, et félicitations encore pour ta série. Tiens-moi au courant.

— Crains pas, tu vas être la première à qui je vais l'annoncer. Bonne nuit! Fais de beaux rêves de ton Xavier. Ma chanceuse!

Quand elle se retrouve seule, Christelle range un peu et se prépare à aller se coucher et à rêver de son beau Xavier, comme le lui a conseillé son amie.

Chapitre 21

Ce dimanche et les suivants, Christelle et Xavier discutent et apprennent à se connaître. Ils commencent par se raconter les moments-clés de leur semaine, puis se dévoilent l'un à l'autre, graduellement. Xavier a un sens de l'humour qui plaît beaucoup à Christelle. Il la fait rire à chaque fois. C'est parce qu'il aime la voir et l'entendre rire qu'il s'assure de faire au moins une blague.

Durant la semaine, même s'ils ne se parlent pas de vive voix, ils échangent par la messagerie privée sur Facebook.

Christelle en profite pour faire découvrir ses humoristes québécois préférés et Xavier partage des vidéos d'artistes à l'œuvre. Comme ils sont coachs tous les deux, ils discutent aussi de coaching, de développement personnel et vont parfois demander conseil à l'autre lorsqu'une situation avec un client les dépasse un peu.

Le temps passe et ce sera bientôt les fêtes de fin d'année. Christelle a l'habitude de passer quelques jours avec sa mère. C'est son deuxième Noël sans Philippe. Elle est un peu mélancolique, et Xavier s'informe. Elle se confie.

— C'est dommage d'habiter aussi loin l'un de l'autre. Il me semble que j'aurais aimé passer le temps des fêtes avec toi. Tu devrais voir ça. La neige et les lumières de Noël, c'est de toute beauté. Tu vas me manquer encore plus.

— Je comprends. Tu vas me manquer aussi, mais j'avoue que je ne suis pas pressé de découvrir la neige québécoise. Et puis, tu vas chez ta mère pour Noël. Tu seras tellement occupée avec ta famille que tu ne verras pas le temps passer. Je serai aussi occupé avec ma famille pour les deux prochaines semaines. Tiens, comme on parle du temps des fêtes, que dirais-tu de me raconter tes plus beaux souvenirs de Noël. Qu'est-ce qui faisait vibrer de joie la petite Christelle?

La question a un effet magique sur Christelle dont le regard s'illumine lorsqu'elle pense aux Noëls de son enfance.

— Jusqu'à l'âge de 10 ans, j'ai l'impression de toujours avoir eu ce que je demandais. Mon cadeau le plus inusité était un coffre d'outils qui contenait une petite scie, un marteau et un rabot. C'était de vrais outils! Je devais avoir huit ans quand on me l'a offert. Je voyais mon papa travailler dans son atelier et je rêvais de bricoler comme lui. Je n'avais aucun talent. Je ne faisais que des croix... Ha ha!

— Des outils pour une petite fille? C'était assez avant-gardiste de tes parents à l'époque. Le mouvement féministe ne faisait que commencer, il me semble.

— En effet. Il devait être un peu flatté aussi que je veuille faire comme lui. L'année suivante à l'école, nous avons appris comment chercher dans le dictionnaire. J'étais fascinée par les mots. J'ai donc demandé un dictionnaire. Mon père a dit à ma mère que ce n'était pas un vrai cadeau de Noël et qu'il fallait me trouver un autre cadeau. J'ai donc eu mon premier dictionnaire, Le Petit Robert, et une tête à coiffer. J'ai passé beaucoup plus de temps avec le dictionnaire.

— Une tête à coiffer? Je ne comprends pas. C'est quoi au juste?

— C'est une grosse tête de poupée avec les accessoires pour pratiquer la coiffure. Je détestais ce cadeau. Je n'y ai presque pas touché. Et les tiens, tes souvenirs de Noël, ils ressemblent à quoi?

— Moi, je me rappelle que toute la famille se réunissait chez nous, chaque année. Les oncles, les tantes, et mes grands-parents. Mon plus beau cadeau, ce sont eux, Papy et Mamie, les parents de maman, qui me l'ont offert. C'est mon tout premier chevalet avec des tubes de peinture et des pinceaux de toutes les grosseurs. Mon père n'était pas très content, mais je savais que c'était ma mère qui leur avait dit que j'aimais dessiner. Ça donnait encore plus de valeur à ce cadeau. J'ai encore le chevalet, d'ailleurs.

— Wow! Parlant de chevalet. Est-ce que tu as peint depuis notre rencontre? As-tu mis un de tes croquis sur toile?

Xavier hésite un peu.

— Oui, j'ai commencé, mais je ne suis pas très satisfait. Quand j'aurai fini, je te montrerai.

— J'aimerais bien voir ce que tu fais. Tes dessins sont tellement beaux, je n'ose pas imaginer la beauté de tes peintures.

Ils continuent à discuter et se donnent rendez-vous en janvier, au retour des vacances de fin d'année.

Quelques jours plus tard, pendant qu'elle est en séance d'écriture, le téléphone sonne.

— Bonjour, ici Christelle.

— Bonjour Madame Talbot, c'est Marguerite de chez fleuriste Rosie. J'appelais pour vérifier que vous serez à la maison cet après-midi. J'ai une livraison pour vous.

— Oui, je serai ici. Merci.

— Parfait! J'envoie mon livreur dans une heure ou deux.

Christelle raccroche. Mais qui peut bien lui envoyer des fleurs? Ça ne peut pas être sa mère, qu'elle verra dans quelques jours, ni une de ses amies. Elles se sont vues le mardi précédent pour leur souper de Noël. C'est peut-être une cliente reconnaissante. Satisfaite d'avoir trouvé de qui ça pourrait venir, elle retourne à l'écriture de son roman.

Lorsque l'on sonne à sa porte, elle se lève et va ouvrir au livreur. Il lui tend un gros arrangement de fleurs de Noël, rouges et blanches, avec une carte. Elle le remercie et ferme la porte, pressée de voir de qui elles viennent.

Christelle s'assoit pour lire la carte.

À toi ma douce Christelle,

Que ces quelques fleurs puissent te rappeler que je pense très fort à toi.

Je suis avec toi, peu importe la distance.

À très vite.

Avec toute mon affection,

Xavier

— Wow! Comme c'est gentil!

Elle prend son téléphone et envoie un message à Xavier. « *Elles sont magnifiques. Merci. xxx* »

Quelques secondes après, la réponse arrive. « *Tu les mérites. xxx* »

C'est le cœur léger que Christelle retourne à son roman pour quelques heures encore avant de fermer son ordinateur. Elle prépare tranquillement ses bagages pour son séjour à Maniwaki. Elle a hâte de voir sa mère, et de la serrer dans ses bras. Mais avant, elle se réserve une journée pour faire les derniers suivis avant le congé.

Chapitre 22

Ce matin, Christelle vérifie avec son adjointe virtuelle que tous les messages d'absence sont en place, et que les infolettres et autres envois du temps des fêtes sont programmés. Lorsqu'elle est rassurée, elle ferme son ordinateur et finit de faire sa valise. Elle se prépare à faire les deux heures en voiture vers Maniwaki.

Christelle a hâte de remettre son cadeau de Noël à sa mère, un billet pour un séjour dans un tout inclus à Cuba avec elle à la fin de janvier. Pour éviter que sa mère ne devine son cadeau, elle a préparé une boîte pleine de petites surprises et placé l'enveloppe avec le billet, tout au fond. Elle prend aussi l'arrangement de fleurs pour pouvoir les admirer pendant les prochains jours et en faire profiter sa mère.

Fidèle à ses habitudes, elle écoute de la musique des années 80 et s'arrête au Tim Horton de Wakefield pour commander un café. Elle décide d'entrer pour commander au comptoir au lieu de passer au service à l'auto. Il y a quelques personnes en file devant elle. Elle attend, heureuse, car c'est le temps des fêtes, elle est en congé, et elle s'en va voir sa mère. Un homme est au comptoir pour payer son café. Quand il se retourne, Christelle reconnaît Bruno et elle sent son corps se raidir et une brûlure au niveau du plexus solaire. Elle n'en revient pas qu'il ait autant d'ascendant sur elle. Elle s'en veut.

Bruno la voit et arrête pour lui parler.

— Hey! Salut Christelle. C'est Bruno. Tu me reconnais? Comment vas-tu?

L'hypocrite. Il agit comme s'ils étaient des amis. Pour être polie et ne pas faire de scène, elle répond en forçant un sourire.

— Oui, je t'ai reconnu. Ça va. Et toi?

Il parle vite.

— Ça va. Écoute, ça tombe bien que je te rencontre. J'aimerais ça te parler. Bin là, pas aujourd'hui, ma femme m'attend dans l'auto, mais bientôt, après les Fêtes? Penses-tu que ce serait possible? J'habite à Gatineau.

Et avant qu'elle n'ait le temps de répondre, il lui tend sa carte professionnelle.

— Mon adresse courriel est dessus. Écris-moi n'importe quand en janvier pour qu'on se voie. C'est important, et je pense que tu vas vouloir entendre ce que j'ai à te dire. Tu choisiras l'endroit qui te convient. Bye là! Joyeuses Fêtes!

Il est parti en coup de vent et Christelle n'a pas le temps de réfléchir à ce qui vient de se passer. La jeune fille derrière le comptoir veut prendre sa commande et il y a d'autres personnes qui attendent dans la file.

Elle place la carte de Bruno dans son sac à main sans la regarder. Elle décidera plus tard si elle veut lui parler, ou non. Elle prend son grand café latté et reprend la route.

Quand elle arrive chez sa mère, l'appartement embaume de parfums délicieux. Christelle devine qu'Hélène lui a préparé son fameux pâté au poulet et que dans le congélateur, se trouve un plat de carrés aux cerises préparés pour l'occasion. Madame Talbot a ses habitudes. Elle est si surprise de voir les fleurs, qu'elle en oublie les bonnes manières. Ça fait rire Christelle.

— Oh les belles fleurs! T'aurais pas dû voyons!

— Allô Mom! C'est des fleurs que j'ai reçues et j'ai pensé qu'on pourrait en profiter toutes les deux. Ça sent donc bon chez vous!

— Hey que je ne suis pas polie. Allô ma grande. Oui, je t'ai préparé un bon pâté au poulet avec une salade César. Puis devine ce qu'il y a pour dessert?

Christelle joue le jeu.

— Pas des carrés aux cerises! Que je suis donc chanceuse ! Merci Mom.

— En plein ça. Pis, as-tu fait bonne route? M'as-tu apporté tes photos de ton voyage en France pour qu'on les regarde ensemble?

— Ha ha! Laisse-moi arriver, et on va s'assoir pour que je te raconte tout ça. Ma chambre est toujours à la même place?

— Bin oui, ma comique. Vas-y. Je t'attends dans la cuisine.

Christelle va porter sa valise et revient avec son ordinateur portable, et le cadeau pour sa mère qu'elle place sous l'arbre. Elles n'ouvriront leurs cadeaux que le matin de Noël, comme le veut la tradition familiale.

— J'ai apporté mon ordinateur pour que tu voies mieux les photos.

— J'te dis, c'est donc rendu compliqué regarder des photos. OK, avant il fallait attendre qu'elles soient développées, mais au moins on avait juste à sortir l'album pour les montrer.

— Arrête donc de chialer pour rien et viens t'assoir à côté de moi. Tu vas voir, c'est bien plus le fun de regarder sur un écran que les petites photos. Tu vas même pouvoir agrandir si tu veux voir des détails.

Madame Talbot approche sa chaise et Christelle démarre le diaporama. Elle raconte son voyage comme elle l'a raconté à ses amies au souper de filles, mais sa mère a des questions. Elle répond du mieux qu'elle peut.

Quand la photo de Xavier apparait, elle est surprise. Christelle ne lui a pas dit qu'elle avait rencontré quelqu'un en France.

— C'est qui lui? Le mari de ton amie Jackie?

Christelle rougit un peu et dit.

— Non Mom. C'est mon ami à moi. Il s'appelle Xavier. Je l'ai rencontré à Annecy. On a suivi la même formation.

— En tout cas, s'il est aussi gentil qu'il est beau, t'as de la chance ma grande.

— Oui, il est très gentil. C'est lui qui a envoyé les fleurs.

— De la France? Ce n'est pas des fleurs de la France, sont pareilles comme celles qu'on a ici.

Christelle se retient de rire devant la belle naïveté de sa mère.

— Non Mom, ce ne sont pas des fleurs qui ont voyagé de la France. Xavier a communiqué avec un fleuriste de Gatineau et commandé les fleurs par Internet. C'est beau la technologie, non?

— Oui, c'est beau. J'imagine que c'est aussi grâce à la technologie que vous vous parlez souvent, et que tu ne t'ennuies pas trop?

— Tu vois, comme t'es bonne! C'est en plein ça. On se voit une fois par semaine sur vidéoconférence et on se parle par messagerie le reste de la semaine. Mais je trouve ça difficile quand même de ne pas pouvoir le toucher, l'embrasser.

— J'imagine. T'as pas l'intention d'aller t'installer en France, toujours?

— Non, inquiète-toi pas. Il n'est pas question que je déménage de sitôt. Tu vas m'avoir dans tes pattes encore longtemps. On continue à regarder les autres photos?

— Oui, oui, continue. C'est vraiment beau là-bas. Je veux voir le reste.

Elles continuent à regarder les photos et lorsqu'elle voit la photo de Christelle et Xavier, madame Talbot confirme qu'ils forment un beau couple.

Elles s'installent ensuite pour souper, et Christelle est informée de toutes les dernières nouvelles de ses oncles et tantes, cousins et cousines, avec quelques potins en prime. Ça l'amuse, car sa mère a le don de raconter les histoires avec énergie.

Elles passent le reste de la soirée à jouer aux cartes.

Le lendemain, le 24 décembre, elles vont faire la tournée des frères et des sœurs Talbot pour leur souhaiter un joyeux Noël et pour leur remettre les petits cadeaux fabriqués par la mère de Christelle. Cette dernière en profite pour remplir ses réserves d'amour, car ses oncles et tantes l'aiment beaucoup.

Ce soir-là, madame Talbot organise sa soirée pour les amis qui sont seuls. C'est sa façon de s'assurer que personne ne passe les Fêtes tout seul. Christelle fait office de fée des étoiles, en distribuant à chacun un petit cadeau, aussi fabriqué avec amour, par sa mère. Chacun repart avec quelque chose, soit un foulard, des pantoufles, des bas, un pot de confitures maison, du fudge, ou encore un beau napperon crocheté. Vraiment, Christelle est fascinée de voir la générosité et le talent créatif de sa mère. Elle en est très fière.

Le matin du 25 décembre, c'est le temps d'échanger les cadeaux. Christelle et sa mère ont mis leur pyjama de Noël, un nouveau pyjama acheté pour l'occasion, et se sont fait un café irlandais. C'est un peu tôt pour l'alcool, mais c'est la tradition, et c'est sacré chez les Talbot.

Christelle s'approche de l'arbre et remet son cadeau à sa mère pour qu'elle le déballe.

— Elle est donc bien grosse, c'te boîte-là. J'ai hâte de voir ce qu'il y a là-dedans.

Elle défait l'emballage soigneusement, pour ne pas trop le déchirer, et ouvre la boîte. Sous quelques feuilles de papier de soie, elle découvre les surprises offertes par sa fille. Elle y découvre un plat à tartiflette avec la recette peinte au fond, des chocolats suisses, des savons à la lavande.

— Merci! C'est vraiment beau. J'ai hâte d'essayer la recette. Ça a l'air bon. J'adore l'odeur de la lavande.

— Ce n'est pas tout. Regarde bien au fond, je pense que tu as oublié quelque chose.

— Comment ça, j'ai oublié quelque chose? C'est déjà beaucoup, je trouve.

Madame Talbot regarde au fond de la boîte et sort une enveloppe rouge. Elle l'ouvre doucement et reconnaît tout de suite le billet d'avion. Elle regarde Christelle en silence, les yeux pleins d'eau, incrédule.

— Oui Mom, je t'amène avec moi à Cuba. On va partir à la fin janvier et on va aller se reposer au soleil.

— Oh, merci, merci, merci. Cuba... ce n'est pas là que tu allais avec Philippe? Oh que j'ai hâte.

— Oui, on aimait beaucoup ça. J'ai pensé que tu aimerais Cuba, toi aussi. Tu vas voir, les Cubains sont très gentils, et la plage est magnifique.

— Arrête, si c'est si beau que ça, je ne voudrai pas revenir. Bon, c'est à mon tour de te donner mon cadeau. Ça me gêne un peu après ce que tu viens de me donner, mais ça vient du cœur.

— Mom, arrête de t'en faire. J'ai les moyens de te gâter, profites-en. Tu en as tellement fait pour moi depuis ma naissance. C'est à ton tour d'être choyée.

Christelle ouvre la boîte que sa mère lui remet et elle s'exclame en voyant ce qu'elle contient, une belle nappe crochetée. Le motif est tellement fin, on dirait de la dentelle.

— Wow! Elle est magnifique! Où est-ce que t'as trouvé le temps de faire ça avec tous les autres cadeaux que t'as donnés hier?

— Tu sais, à mon âge, j'ai pas mal juste ça à faire. Je suis contente que tu l'aimes.

— Mets-en que je l'aime. Elle est parfaite pour ma table.

J'ai faim. Qu'est-ce que tu dirais si je nous préparais une omelette?

— Bonne idée! Tu te rappelles où sont rangés les plats et ustensiles?

— Oui, Mom. Sers-toi un autre café pendant que je nous prépare ça.

Le reste de la journée se passe dans la détente, chacune des femmes Talbot installées confortablement avec un livre, un Chrystine Brouillet pour Christelle et un roman de Marie Laberge pour sa mère.

Les jours suivants, Christelle et sa mère vont marcher, discutent et jouent aux cartes. Ces moments de pure détente font un bien immense à Christelle qui en arrive même à oublier sa rencontre avec Bruno.

Le 31 décembre, fidèles à une autre tradition familiale, elles s'installent devant la télévision pour regarder les émissions de fin d'année comme le Bye Bye. À minuit, elles se souhaitent une bonne et heureuse année et vont se coucher.

Le premier janvier, elles refont la tournée des oncles et des tantes de Christelle pour transmettre leurs vœux de santé et de bonheur. Christelle adore ces moments remplis d'amour et de douceur. Elle rit des blagues de ses oncles et savoure les desserts offerts par ses tantes.

Puis, le 2 janvier, c'est journée pyjama chez les Talbot, une autre de leurs traditions qui réconforte Christelle. Pendant cette journée, elles regardent des films en mangeant des plats préparés parce que la journée pyjama est une journée où on en fait le moins possible. Christelle a toujours pensé que cette journée-là avait été créée pour se remettre des excès des derniers jours, car à l'époque, ça fêtait fort chez les Talbot. L'alcool coulait à flots, ça dansait et chantait jusqu'au petit matin. Il n'était pas rare de passer une nuit blanche.

C'est le 3 janvier que Christelle reprend la route pour retourner chez elle, le cœur rempli d'amour et le coffre rempli de cadeaux et de nourriture.

— Tiens, je t'ai tricoté des pantoufles. Je pense que les dernières que je t'ai données doivent être dues pour être remplacées.

— J'te dis. On ne peut rien cacher à sa mère. Merci.

— Dans ce sac-là, j'ai mis le reste des carrés aux cerises, deux autres pâtés au poulet et j'ai trouvé des tartes au sucre. Tu pourras les partager avec tes amies de femmes. Soit prudente, là, et appelle-moi quand tu vas arriver, que je sache que tu t'es bien rendue.

— Oui Mom. Sans faute. Je vais conduire prudemment, et je t'appelle en arrivant. Bye! Je t'aime.

Christelle embrasse sa mère et entreprend le voyage du retour. Heureusement, il fait beau et les chemins sont dégagés. Elle arrive chez elle exactement deux heures plus tard. Elle monte à l'appartement, les bras chargés de paquets. Dès qu'elle a placé les plats cuisinés au congélateur, elle appelle sa mère.

En sortant son téléphone de son sac à main, elle voit la carte de Bruno. Elle la place près de son ordinateur en attendant de recommencer à travailler. Christelle n'a pas envie de remuer le passé aujourd'hui et décide d'aller à la bibliothèque faire un peu de recherche pour son roman.

Ce soir-là, de retour chez elle, Christelle se détend en regardant des films sur Netflix. Elle utilise son téléphone pour envoyer un message à Xavier pour lui souhaiter une bonne année et lui dire qu'elle est rentrée. Il lui envoie un court message pour lui en souhaiter autant. Christelle est un peu déçue.

— Il doit être occupé avec sa famille. J'aurai la chance de lui parler dimanche.

Le dimanche suivant son retour, Christelle a hâte de se connecter sur Internet pour discuter avec Xavier. Il lui a beaucoup manqué durant ces deux semaines. Xavier est aussi très content de la revoir.

— Comme tu m'as manqué ma douce. Plus que quelques mois avant que je ne puisse te tenir dans mes bras. Alors, t'as fait une belle visite chez ta maman?

— Oui, j'ai fait le plein d'amour pour quelques mois.

— Elle était contente de ses cadeaux? Elle a dû craquer quand elle a vu le billet pour le voyage. J'avoue que je l'envie un peu. J'aimerais bien me retrouver sur une plage sous le soleil des Antilles avec toi. Tu dois être canon en bikini.

Christelle rougit.

— Arrête! J'ai chaud tout à coup. Oui, elle est très contente et quand je l'ai appelée hier, elle m'a dit qu'elle a commencé à compter les dodos avant notre départ. On dirait une enfant qui attend impatiemment que Noël arrive.

— Ah! Comme c'est mignon.

— Et toi, tes vacances en famille, c'était bien?

Xavier raconte qu'il est allé chez ses parents et qu'il s'est bien amusé avec ses neveux et nièces. Ils se racontent les repas qu'ils ont pris et Christelle salive rien qu'à entendre Xavier décrire les plats traditionnels de sa famille.

— Un jour, je te ferai goûter certains des plats provençaux.

— Un jour pas si lointain puisqu'on se voit pour le prochain séminaire de Fabienne.

— C'est vrai. Autant, pour moi. Alors, qu'as-tu prévu de bon cette semaine?

Christelle lui raconte la rencontre qu'elle a faite en allant chez sa mère et l'invitation lancée par Bruno. Elle explique à Xavier de qui il s'agit, ce qui s'est passé quand elle avait 16 ans et pourquoi elle hésite à le contacter. Xavier l'encourage à le faire.

— Pourquoi pas? Tu n'es pas curieuse de savoir ce qu'il a te dire? Et puis, n'a-t-il pas dit de choisir l'endroit? Tu n'as qu'à choisir un café où tu te sens en confiance. Qui sait? Peut-être que ça t'aidera à enfin tourner la page après toutes ces années.

— Tu as raison. Je vais lui écrire et voir si on peut se rencontrer cette semaine. Je ne veux pas attendre trop longtemps. Ça me stresse de ne pas savoir ce qu'il me veut.

— Voilà. C'est réglé. Je serai là après si tu as besoin de discuter. Tu me diras quand est votre rendez-vous, et je t'enverrai mes pensées positives.

Christelle envoie son message à Bruno après sa conversation avec Xavier. Elle lui donne rendez-vous le mercredi suivant en fin de journée au Moca Loca sur La Gappe. Elle ne lui dit pas que c'est dans son immeuble. Elle s'organisera pour arriver de la bibliothèque pour éviter qu'il devine qu'elle n'habite pas loin. C'est beaucoup de précautions, mais elle ne sait pas comment Bruno a évolué, et ne veut prendre aucun risque.

Lundi et mardi, elle a un peu de difficulté à se concentrer sur son roman. Elle choisit d'exprimer son senti dans son journal, elle va marcher et travaille sur une nouvelle formation qu'elle veut offrir à ses clientes. Les ateliers de Fabienne l'ont inspirée à organiser des ateliers du même genre au Québec.

Chapitre 23

Le mercredi après-midi, elle se rend à la bibliothèque pour continuer ses recherches en attendant son rendez-vous avec Bruno.

Il est déjà assis à une table en retrait lorsqu'elle arrive au Moca Loca. Il se lève pour l'accueillir et lui tend la main.

— Merci d'être venue. Je t'attendais avant de commander. Qu'est-ce que tu prends?

— Un petit café latté s'il te plaît.

Il se lève et va commander au comptoir. Christelle l'observe. Ses cours en synergologie l'aident à comprendre le langage du corps. Bruno est embarrassé. Il regarde beaucoup par terre et son sourire est figé, forcé. C'est clair qu'il est aussi stressé qu'elle. Lorsqu'il revient, il lui tend son café. Elle choisit de prendre le contrôle de la conversation.

— Merci. Pourquoi veux-tu me parler après autant d'années ? C'est pas comme si on avait été des amis à l'époque.

— Écoute, je vais aller droit au but et après je vais t'expliquer pourquoi. Je veux te demander pardon.

— Il est un peu tard pour ça, tu trouves pas? Trente ans plus tard, t'en as mis du temps pour réfléchir.

Il recule sur sa chaise, mais ne dit rien. Il encaisse, car il comprend qu'elle lui en veuille encore, puisqu'il s'en veut lui aussi. Christelle se calme.

— Bon, excuse-moi Bruno. Tu m'as dit que tu m'expliquerais, vas-y. Je t'écoute.

Elle prend une gorgée de café pour se donner une certaine contenance et regarde Bruno droit dans les yeux pour lui montrer qu'il a toute son attention.

— Je veux te demander pardon pour tout ce qu'on t'a fait Bob, Frank et moi, et surtout pour ce que je t'ai fait. Je sais que je n'ai pas été correct avec toi.

Christelle lève les sourcils pour montrer que ce n'est pas peu dire, mais elle n'intervient pas pour ne pas l'interrompre.

— Je sais, c'était vraiment chien de ma part. Je sais pas si tu le sais, mais je suis grand-père, maintenant. As-tu des enfants?

Christelle fait signe que non. Elle le laisse continuer.

— Non, bon. En tout cas, moi j'ai eu deux filles pis c'est quand elles ont été adolescentes que j'ai compris le mal qu'on t'a fait. T'avais juste 16 ans, bâtard. Pis, bin, c'est ça. Quand j'ai vu ce que mes filles avaient l'air à 16 ans, des enfants qui se prennent pour des adultes, encore en pleine croissance, innocentes, ça a fait comme un déclic en dedans de moi. Je me suis souvenu de ce qu'on avait fait, pis j'ai pas aimé ça. S'il avait fallu que ça arrive à une de mes petites, j'pense que j'aurais tué les gars.

Christelle comprend son émotion, mais ne peut s'empêcher de dire.

— Tu l'aurais peut-être pas su avant bien longtemps parce que moi, je ne l'ai jamais dit à personne.

— Personne?

— Personne, Bruno. Vous m'avez menacée, vous m'avez dit que c'était ma parole contre la vôtre, celle de trois hommes adultes contre celle d'une jeune femme qui est montée en voiture avec eux, alors je n'ai rien dit. J'avais peur. J'ai porté la honte et la culpabilité en moi pendant des années. J'ai essayé de m'engourdir avec l'alcool, la drogue et le sexe que j'acceptais, que je contrôlais pour une fois, parce que j'avais perdu le contrôle un soir. J'ai dû travailler fort pour arriver à reconnaître que j'avais de la valeur malgré ce que j'avais fait. Je me sentais responsable alors que c'était vous trois, les adultes.

Elle ne peut empêcher ses larmes et s'essuie les yeux en détournant le regard, car il pleure, lui aussi. Ça la soulage un peu de savoir qu'il a des séquelles de son geste. Qu'il a des remords.

— C'est pour ça que je voulais te parler. Je savais qu'on t'avait brisée. Je suis soulagé que tu aies réussi à t'en sortir. J'ai lu tes livres, bin c'est ma femme qui les a achetés sans savoir qui t'étais, et j'ai vu les articles quand tu as gagné le prix d'entrepreneure. Ça n'excuse pas notre geste, mais... vas-tu pouvoir me pardonner un jour, Christelle ?

— T'as raison, ça n'excuse pas le geste, mais je t'en ai voulu pendant longtemps pour autre chose aussi que tu sembles avoir oublié.

— Quoi donc?

— Voyons Bruno, tu ne vas pas me faire croire que tu ne te rappelles pas ce que tu as fait quelques années plus tard quand je sortais avec Patrick, le guitariste.

— J'avoue, je ne me souviens pas. De quoi tu parles? Qu'est-ce que j'ai fait d'autre, Christelle?

— Tu es allé voir Margot, sa mère, et tu lui as dit qu'il n'y avait que le train qui n'était pas passé sur moi. J'avais tellement honte. C'est venu ajouter une couche à la honte que je ressentais déjà. Pas longtemps après, Patrick a rompu. C'est là que j'ai décidé de partir de Bouchette. J'en avais assez. Je voulais aller là où on ne me connaissait pas, moi et la réputation que tu m'avais faite.

— Oh merde. J'avais complètement oublié ça. Je m'excuse. Si ça peut te consoler, t'as bien fait de partir. Patrick n'a pas fait grand-chose de sa vie. Il est encore à Maniwaki. Tu t'en es bien sortie sans lui comme j'ai pu constater.

— Ça me console un peu, mais dans le temps, tu n'imagines pas ce que ça m'a fait. J'étais jeune, encore fragile et tu décides de faire ça. J'ai longtemps pensé que tu m'en voulais à mort et que c'est pour ça que t'avais agi de cette façon.

— Bien, voyons, Christelle, je pouvais pas t'en vouloir. J'étais un tout croche dans ce temps-là, pis c'était de la faute à personne sauf la mienne. J'avais vraiment pas le tour avec les femmes, je buvais et je prenais trop de drogue. J'ai été chanceux de rencontrer une femme qui m'aime encore après autant d'années et qui m'a donné deux belles filles qui sont devenues de bonnes mamans à leur tour. Je suis grand-père, imagine-toi. Deux garçons et une petite fille. Tu peux être sûre que les gars vont être bien élevés et qu'ils vont être bons avec les filles. Si je peux empêcher que ce qui t'est arrivé se reproduise des générations plus tard...

— Tant mieux pour toi. Écoute, merci d'avoir demandé à me parler. Oui, tu m'as fait mal, mais comme tu peux voir, j'ai survécu et je suis passée à autre chose. Je veux bien te pardonner si ça peut t'aider à te regarder dans le miroir le matin, mais je ne pourrai jamais oublier, par exemple. Ça fait partie de mon passé.

— Je comprends Christelle et je te remercie. Ça... oui, ça va m'aider de savoir que je t'ai parlé et que tu me pardonnes. Je pense que je vais y aller, là. Ma femme m'attend. Fais attention à toi.

Christelle reste assise. Elle le regarde partir la tête haute. Il est soulagé, et ça parait. Quand elle est certaine qu'il ne peut plus se retourner et la voir, elle se lève et comme un automate, elle rentre chez elle en passant par le corridor intérieur réservé aux habitants de l'immeuble.

Dès qu'elle ferme la porte derrière elle, Christelle éclate en sanglots. Elle pleure longtemps, assise dans son fauteuil. C'est comme si les digues de 30 ans de honte et de culpabilité venaient de s'ouvrir et que les émotions pouvaient enfin sortir. Elle lève la tête et dit tout bas :

— Merci.

Elle va prendre sa douche, comme si elle avait besoin de se laver de cette tristesse.

Elle se sent rafraîchie et légère. La discussion avec Bruno lui a enlevé un poids énorme des épaules. Elle s'installe à l'ordinateur et envoie un message à Xavier pour l'informer que tout s'est bien passé, elle va bien et elle lui racontera dimanche.

Malgré la légèreté dans son cœur, elle ressent une grande fatigue et décide d'aller se coucher. Elle se réveille une heure plus tard, reposée comme si elle avait dormi une nuit entière, et décide de travailler un peu sur son roman. Elle se sent inspirée tout à coup. Elle ouvre son fichier de notes de recherche et écrit pendant toute la soirée.

Cette nuit-là, elle s'endormira rapidement, enfin apaisée.

Chapitre 24

Christelle et sa mère, Hélène, sont fébriles. Elles partent très tôt le lendemain pour Cuba. Hélène est arrivée la veille parce que c'était plus pratique.

Elle est restée quelques minutes devant le portrait de sa fille, dessiné par Xavier.

— C'est vraiment beau. Il a du talent, ton français.

— Mom, c'est Xavier. Eh oui, il a du talent.

— As-tu tout ce qu'il te faut? As-tu besoin qu'on fasse des courses pour ce qui manque dans ta valise? As-tu assez de crème solaire? Le soleil ne pardonne pas là-bas. Tu veux pas être obligée de passer le reste du séjour à l'ombre parce que tu as oublié de protéger ta peau.

— Oui, j'en ai 3 bouteilles. Christelle, penses-tu que ça va être assez? J'ai aussi apporté la liseuse Kindle que tu m'as offert un Noël passé. Je l'aime assez. Ta tante Lison m'a aidé à acheter des livres la semaine passée et j'ai aussi mon chargeur.

— C'est super ça. C'est comme si tu apportais une dizaine de livres sans l'excès de poids.

— J'ai assez hâte. Je ne sais pas si je vais être capable de dormir ce soir.

— On va se coucher tôt et je vais nous faire une bonne tisane avant de dormir.

Le lendemain matin à 6 heures, elles sont déjà dans la file pour enregistrer leurs bagages. Hélène est nerveuse, et Christelle essaie de lui changer les idées en racontant des blagues et aussi en l'informant de ce qui va se passer.

Elles arrivent au comptoir, tendent leurs passeports et leurs billets à l'agent. Hélène est très fière.

— On s'en va à Varadero, Cuba. Elle, c'est ma fille, elle m'a offert le voyage à Noël. J'suis chanceuse, hein?

— Oh oui, Madame Talbot. Vous êtes très chanceuse que votre fille vous gâte comme ça. Voici votre carte d'embarquement, rendez-vous à la porte 24. Bon voyage!

— Merci beaucoup.

Hélène chuchote à Christelle :

—Hi hi! J'ai failli lui dire « vous aussi »! Bon, par où est-ce qu'on s'en va?

Christelle est amusée.

— On va descendre pour passer la sécurité et après, on va trouver notre porte. Mais avant, je propose qu'on arrête au Tim Horton juste en face de la sécurité pour déjeuner. Qu'est-ce que t'en penses?

— J'en pense que c'est toi l'experte des voyages. J'te suis.

Elles passent la sécurité et vont prendre un petit-déjeuner rapide au Tim Horton. Elles s'installent ensuite près de la porte 24 pour attendre l'embarquement.

Dans l'avion, une fois installées, et peu après le décollage, Hélène est surprise de voir qu'on leur offre une petite coupe de champagne, aussi tôt le matin.

— Est-ce que c'est toujours comme ça quand tu vas en avion?

— Non, la coupe de champagne, c'est juste durant le vol pour aller avec cette compagnie.

—OK.

Le reste du vol se fait dans le calme. Chacune des femmes Talbot a le nez dans un livre ou sur une liseuse.

À l'atterrissage, elles sont assaillies par la chaleur. Heureusement, Christelle avait pensé dire à sa mère de se vêtir comme un oignon, avec plusieurs couches de vêtements qu'elle pourrait enlever et mettre dans son sac en arrivant.

Elles repèrent rapidement l'autocar qui va les conduire jusqu'à leur hôtel. Hélène n'arrête pas de dire comme c'est beau. Christelle est attendrie de voir l'émerveillement de sa mère et se félicite d'avoir pensé lui offrir ce voyage.

Lorsqu'elles arrivent à l'hôtel, Christelle s'occupe de les enregistrer et de prendre les clés de la chambre. On leur sert un cocktail.

— Hmm, ça commence bien. Gracias!

— Oui, et les cocktails ici sont à volonté. C'est l'occasion d'essayer de nouvelles choses si tu en as envie.

— Bon, elle est où notre chambre que j'me change ? J'ai chaud comme ça se peut pas.

— Viens, suis-moi. C'est par là.

Quand elles arrivent à leur chambre, Hélène pousse des oh! et des ah! car les femmes de chambre ont fait des sculptures avec les serviettes. Christelle a l'habitude, mais la réaction de sa mère lui fait apprécier chaque instant. Comme il est encore tôt dans la journée, elles enfilent leur maillot de bain et partent à la recherche du sentier qui mène jusqu'à la plage. Chemin faisant, elles rencontrent des employés de l'hôtel et des clients souriants.

— C'est donc bien le fun ici. Tout le monde est de bonne humeur.

Le petit sentier débouche enfin sur la mer.

— Wow!

— Viens, Mom, y'a des places juste là sur la plage. On va déposer nos choses et se baigner un peu.

Elles déposent leurs serviettes et leurs sacs de plage sur les chaises longues, enlèvent leur couvre-maillot et leurs souliers. Lorsqu'elles arrivent au bord de l'eau, elles hésitent un peu puis avancent doucement jusqu'à ce qu'elles aient de l'eau à la taille. Hélène ne sait pas nager, alors elle ne s'aventure pas trop loin. Christelle la surveille de près pour qu'elle ne perde pas pied à cause d'une vague. Elles restent là un peu puis Hélène demande à retourner à leur chaise.

— J'ai envie de prendre un peu de soleil. Qu'est-ce que t'en penses?

— Tu peux prendre du soleil si tu veux, mais moi je vais déplacer ma chaise sous le *palapa*, à l'ombre. Je serai tout près. Tu me le dis quand tu veux retourner à la chambre.

Elles s'installent quelques instants, puis Hélène dit qu'elle commence à avoir faim. Elles décident de retourner à leur chambre pour se changer avant d'aller souper.

Pendant qu'elle se prépare, Hélène n'arrête pas de dire comme c'est beau et comme elle est contente. Christelle est fière de son coup. Lorsqu'elles arrivent à la salle à manger, elle dit à l'hôtesse :

—My name is Helena. This is my daughter Christelle. We here for the week.

—My name is Maria. Welcome Helena. Do you want a drink?

— Mom, qu'est-ce que tu veux boire? Je vais prendre un verre de vin rouge. Vino tinto para mi por favor.

— Hein? Tu parles espagnol? Bien moi aussi je vais prendre un vino tinto para mi por favor.

Maria sourit et elle va chercher les deux coupes de vin.

— Viens, Mom, on va aller se servir. Tu vas voir, il y a de tout.

Elles mangent en planifiant leur journée de demain, qui en réalité se résumera à petit-déjeuner, plage, repas, piscine, sieste, souper, spectacle. Elles garderont cette routine pendant toute la durée de leur séjour.

Christelle en profite pour se reposer et faire le plein d'énergie alors qu'Hélène se fait de nouveaux amis. Elle discute avec les uns et les autres, participe aux activités organisées à la piscine pendant que sa fille lit à l'ombre d'un parasol.

Lorsque vient le temps de retourner à l'hiver québécois, les deux voyageuses ont le teint légèrement bronzé et l'œil pétillant. Elles n'ont pas envie de retrouver la neige et le froid, mais elles ont hâte de rentrer chez elles.

À l'aéroport, Hélène achète des cigares pour ses frères et du rhum pour les soirées de cartes entre amies. Christelle achète aussi les deux bouteilles de rhum auxquelles elle a droit pour les cocktails que Samantha préparera lors de leur souper de filles.

Le vol du retour ressemble beaucoup à celui pour aller à Cuba. Mère et fille lisent durant tout le vol.

Christelle ira conduire sa mère à Maniwaki le lendemain. Hélène n'arrête pas de remercier sa fille et de dire à quel point elle a aimé son voyage.

— C'est vrai qu'on a fait un beau voyage. Ça m'a fait du bien de me reposer au soleil. J'ai quand même hâte de parler à Xavier.

Le lendemain matin, comme c'est dimanche, Christelle décide de s'installer dans son bureau pour parler à Xavier. Il est content de lui parler, et remarque son léger bronzage. Elle rit lorsqu'il lui demande si elle est bronzée comme ça partout. Comme il lui a manqué.

— Xavier, ma mère est encore ici. Elle lit dans le salon. Je ne pourrai pas te parler longtemps, car je dois la raccompagner chez elle.

— Va chercher ta maman, j'aimerais bien lui dire bonjour.

Heureuse qu'il l'ait proposé, elle va chercher Hélène en lui disant que Xavier veut lui dire bonjour. Hélène dépose son livre et, coquette, se replace les cheveux en se dirigeant vers le bureau.

— Bonjour monsieur!

— Bonjour maman de Christelle. Enchanté de vous rencontrer virtuellement. Dis donc, Christelle, je comprends maintenant. Ta beauté te vient de ta maman. Vous vous ressemblez beaucoup. Comme ça, vous avez fait un beau voyage?

Il n'en faut pas plus pour qu'Hélène se mette à raconter les meilleurs moments du voyage pendant que Christelle sourit et acquiesce. Quand la conversation est terminée et que l'ordinateur est fermé, Hélène dit à sa fille :

— Il est encore plus beau en personne, et il est tout à fait charmant. Je comprends pourquoi il t'est tombé dans l'œil. Dommage qu'il habite aussi loin.

— Oui, c'est dommage. On verra avec le temps. Peut-être que j'arriverai un jour à lui faire choisir de vivre au Québec, mais avant, il faut que je le convainque de venir pour une visite. Il s'imagine qu'ici, il n'y a que deux saisons, l'automne et l'hiver.

— Je comprends. Brusque-le pas et tu vas voir. S'il t'aime, il va finir par vouloir être avec toi tout le temps.

Christelle va reconduire sa mère à Maniwaki et en route, elles s'arrêtent au Milano Pizza à Gracefield. Christelle se souvient de la première fois qu'elle est allée manger à ce restaurant qui existait déjà alors qu'elle n'était qu'une enfant. De beaux souvenirs ressurgissent à chaque bouchée de leur délicieuse pizza toute garnie avec pepperoni, poivrons, champignons et fromage.

Quand elles arrivent chez Hélène, Christelle l'aide à rentrer ses bagages et repart pour Gatineau. C'est le cœur léger, mais rempli d'amour et de tendresse, qu'elle parcourt les 136 kilomètres jusque chez elle.

Chapitre 25

La semaine suivant son retour de Cuba, Christelle organise un souper avec ses amies qu'elle n'a pas vues depuis Noël. C'est ce soir-là que Patricia leur a annoncé qu'elle avait enfin signé le contrat pour que la série télé basée sur son livre « Mon père, le policier » devienne réalité. Les rencontres de distribution devaient commencer en janvier, et Christelle est curieuse de connaître les nouveaux développements. Elle n'est pas la seule. Elles veulent toutes savoir quels acteurs joueront le rôle d'Isabelle et celui du policier, son père, et vérifier si leurs prédictions étaient bonnes.

Sur le comptoir de la cuisine, Christelle a organisé un coin cocktail avec les bouteilles de rhum qu'elle a rapportées, des cerises, de la menthe, du citron et de la lime. Il y a de l'eau gazeuse et du cola au frigo. C'est Valérie qui apporte le plat principal, une surprise. Patricia apportera sûrement du champagne, et Samantha arrêtera chez le pâtissier Fidélice pour acheter les macarons que Christelle a commandés. Avec la St-Valentin qui approche, Christelle a acheté des chocolats fins pour chacune de ses amies.

Samantha arrive la première, heureuse d'avoir Christelle à elle toute seule quelques minutes pour lui raconter sa dernière mésaventure amoureuse. C'est qu'elle n'est vraiment pas chanceuse en amour la belle Samantha et il n'y a que Christelle qui sait l'écouter sans qu'elle se sente jugée. Christelle comprend et sait encourager son amie. Elles discutent ensemble en attendant que Patricia et Valérie arrivent.

— T'en fais pas. Tu vas finir par rencontrer l'homme qu'il te faut.

— J'imagine, oui. Mais j'en ai assez qu'on profite de moi et qu'on me jette ensuite comme une vieille serviette. Je mérite mieux, il me semble.

— Bien sûr que tu mérites mieux. De quoi ça aurait l'air si tu te concentrais sur ton bonheur seule tout en laissant la porte ouverte à quelqu'un qui voudrait être heureux à tes côtés?

Valérie et Patricia se sont rencontrées dans le stationnement et montent ensemble. Les enchiladas au poulet et aux haricots noirs laissent un peu de leur parfum épicé dans l'ascenseur. Valérie a préparé une recette qu'elle a trouvée sur le site de Ricardo, un des chefs les plus populaires au Québec.

— Je sais que Christelle est allée à Cuba et que ce n'est pas une recette cubaine, mais je me suis dit que ce serait bon quand même.

— Inquiète-toi pas! Ça sent super bon et on va se régaler, j'en suis certaine. On ne peut pas se tromper avec Ricardo. Tu as eu une bonne idée.

Christelle est heureuse de les accueillir et confirme à Valérie que son choix pour le plat principal est parfait! Elle adore les mets mexicains. Pendant qu'elle va porter le plat dans la cuisine, elle invite Patricia à servir le champagne. Les coupes sont déjà sur la table du salon.

— Bonjour Samantha! T'es déjà arrivée?

— Oui, Patricia. J'avais besoin de discuter avec Christelle un peu. Tu nous apportes encore du champagne? En quel honneur? Est-ce que vous avez choisi les acteurs pour la télésérie?

— On ne peut rien te cacher. C'est en plein ça. Je vais attendre que Val et Kriss nous rejoignent et je vais vous raconter ça. Venez, les filles! Du champagne, c'est bon quand c'est froid.

Christelle et Valérie, qui discutaient en chuchotant dans la cuisine, viennent rejoindre leurs amies. Patricia s'installe pour faire son toast. Elle a le regard pétillant et Christelle se doute que les nouvelles seront excellentes.

— On a terminé les rencontres de distribution la semaine dernière et fait quelques auditions pour nous assurer que les rôles principaux soient donnés aux bons acteurs. Ça n'a pas été facile, parce qu'il fallait aussi vérifier leur disponibilité pour les tournages et s'ils étaient intéressés par le projet, évidemment. En tout cas. Heureusement, on n'a pas eu de refus à cause du scénario. Magalie est un peu trop vieille pour le rôle d'Isabelle et un peu trop jeune pour faire sa mère. Il a fallu trouver une actrice plus jeune qui pourrait jouer Isabelle de la fin de l'adolescence au début trentaine.

— Arrête de nous faire languir! C'est qui?

— OK, OK. On a choisi Marianne pour le rôle d'Isabelle, Marina a accepté le rôle de la mère et Pier-Luc sera le frère.

Patricia se frotte les mains avant de poursuivre.

— Pour le père, on a choisi un acteur qu'on ne voit pas assez souvent selon moi. C'était ma demande spéciale et les producteurs ont accepté.

— Non! Sans farce? Mario a accepté?

— Oui! Je capote ma vie parce qu'il était tellement bon dans le rôle de Gerry. C'est à sa demande qu'on a fait une audition avec Marianne pour s'assurer que ça se pouvait qu'il soit son père. C'était tellement touchant de les voir ensemble.

— Wow! J'ai hâte de voir ça! Avez-vous distribué tous les rôles, finalement?

— Non, Kriss. Il nous reste à trouver quelques rôles secondaires comme Isabelle petite fille, et les collègues de travail du père.

— Merci de nous raconter ça. Inquiète-toi pas, on ne le dira pas à personne tant que ce ne sera pas annoncé par la production. On comprend que ça demande de la discrétion, des projets comme ça. T'es pas mal fine de nous en parler. On est privilégiées.

Christelle se lève et les invite à passer à table. Elle leur raconte son voyage à Cuba avec sa mère, et l'avancement de son nouveau livre. Samantha leur parle de sa fille et raconte la soirée de révélation de sexe du bébé[7] où elle a appris qu'elle sera grand-mère d'une petite fille. Elle rayonne quand elle en parle. La petite n'est pas née et la grand-mère est déjà gaga. Valérie leur donne des nouvelles de sa fille installée à St-Jérôme pour ses études universitaires et comment elle s'occupe en faisant du bénévolat auprès des aînés maintenant que son bébé n'est plus à la maison. Patricia continue son compte-rendu

---

[7] Célébration où le sexe du bébé à naître est révélé. Par exemple, avec un gâteau dont l'intérieur renferme la couleur correspondant au sexe du bébé.

des auditions, et ses amies lui envient le privilège de côtoyer des vedettes grâce à son livre.

— On sait jamais, Kriss. Ton roman va peut-être se retrouver à l'écran aussi.

— J'en doute, mais je n'y penserais pas deux fois si on me l'offrait. Je dirais oui. Je vais d'abord le finir, mon roman. C'est beaucoup plus long que je pensais. Le prochain ne sera pas un roman historique. La recherche demande beaucoup trop de temps.

Les amies s'informent de Xavier, mais comme il n'y a rien de nouveau, elles changent vite de sujet. Samantha les fait rire en partageant quelques perles qu'elle a lues en faisant de la correction.

Chapitre 26

Quelques semaines plus tard, Fabienne a envoyé les détails pour le séminaire en Drôme provençale qui aura lieu en juin. Christelle et Xavier en discutent durant leur Zoom hebdomadaire.

— Ne réserve pas d'hôtel. Tu logeras chez moi. J'ai envie qu'on passe le plus de temps possible ensemble. Tu me manques tellement.

— D'accord, mais ça ne t'ennuie pas si j'arrive un jour ou deux avant le séminaire? Ça me permettra de me remettre du décalage horaire, et tu pourras me faire visiter ta région. J'ai trouvé ça difficile à Annecy d'arriver la veille de la formation.

— C'est une excellente idée, et je connais quelques endroits qui vont te plaire. Apporte ton maillot, car j'ai une piscine. Une bonne baignade, c'est parfait après une journée de formation intensive comme celles de Fabienne.

— OK. Maillot, check. Il y a autre chose que je devrais savoir?

Xavier sourit, mais ne révèle rien.

— C'est tout. Tu verras le reste quand tu arriveras.

Il lui explique ensuite que l'aéroport le plus proche est celui de Marseille, et qu'il ira la chercher. Elle n'a qu'à lui dire l'heure d'arrivée de son vol. Carpentras est à presque deux heures de route de Marseille, mais il n'est pas question qu'elle prenne une navette et ensuite le train.

Il reste encore quelques mois avant leurs retrouvailles et leurs discussions du dimanche les aident à patienter.

Plus la date de leurs retrouvailles approche, plus Christelle se sent fébrile. Est-ce que la magie sera encore là ?

La veille du départ, Christelle a de la difficulté à s'endormir. Quand elle s'endort enfin, aux petites heures du matin, elle fait un cauchemar dans lequel elle oublie son passeport et est en retard pour attraper son vol. Ce matin-là, elle envoie un courriel à son adjointe pour s'assurer que tout est en ordre et qu'elle peut partir en paix.

Le vol Ottawa — Montréal - Marseille ressemble beaucoup à celui pour aller à Genève. Il n'y a que la destination qui change.

Fidèle à ses habitudes de voyage, Christelle se rend à la librairie tout de suite après avoir passé la sécurité. Elle voit que James Patterson a sorti un autre roman. Elle l'achète, trouve ensuite sa porte d'embarquement, et commence à lire pour patienter. Décidément, cet auteur est prolifique et il a trouvé comment publier autant de livres annuellement en collaborant avec d'autres auteurs. Christelle aime beaucoup la série du Women's Murder Club avec les quatre amies de milieux différents qui travaillent ensemble pour résoudre des crimes.

Le vol Ottawa-Montréal est tellement court que l'agent de bord n'a même pas le temps de leur servir leur petit contenant de jus habituel. Tant mieux. Christelle sait qu'elle aura à traverser l'aéroport au complet pour trouver sa porte d'embarquement pour le vol vers Marseille parce qu'elle a vérifié le plan de l'aéroport avant de partir. Prévoyante, elle a chaussé ses espadrilles. Elle les enlèvera en arrivant. En attendant, elle mise sur le confort avant et pendant son vol.

Christelle est contente de découvrir encore une fois qu'elle n'aura personne à côté d'elle durant le vol. Elle pourra prendre la largeur des deux sièges pour tenter de s'allonger un peu. Si elle se plie en position du fœtus, elle devrait y arriver. Elle essaiera plus tard, après le service de repas.

En attendant, elle consulte la console de divertissement sur le siège devant elle. Il y a de nouveaux films qu'elle n'a pas encore vus. Elle choisit une comédie romantique et s'installe confortablement.

Elle réussit à dormir un peu après le repas du soir et se réveille quand le service de petit-déjeuner commence. Elle s'assoit assez péniblement. Elle n'a plus l'âge pour dormir recroquevillée sur deux bancs, et son corps le lui crie. Elle marche un peu entre les rangées pour se dégourdir les jambes.

Quand l'avion atterrit enfin, elle sent les papillons dans son ventre qui se réveillent. Ça fait déjà plusieurs mois qu'elle n'a pas vu Xavier et elle a hâte de le serrer dans ses bras. Elle se demande si la magie sera aussi présente qu'à Annecy.

Elle se dépêche à prendre sa valise dès qu'elle la voit sur le carrousel et se dirige vers les portes la menant dans la zone d'arrivée. Quand les portes s'ouvrent, elle ne voit pas Xavier. Il a peut-être un peu de retard ou cherche un stationnement. Elle se dit qu'elle va patienter quand elle aperçoit un chauffeur avec sa casquette sur les yeux, qui tient une affiche avec son nom. Comme c'est gentil. Xavier n'a pas pu venir la chercher alors il a engagé un chauffeur pour le faire. Elle s'approche en souriant.

— Bonjour, Monsieur, je suis Christelle Talbot.

L'homme lève la tête et c'est Xavier qui lui sourit. Elle rit et pleure en même temps. Elle lui saute au cou pour l'embrasser.

— Wow! Quelle surprise! Je suis tellement contente de te voir. Tu m'as bien eue. Puis, elle recule un peu. T'sais, ça te va bien ce costume.

— Bienvenue à Marseille, ma douce. J'avais envie de te voir et de t'entendre rire. Viens, mon costume m'a permis d'avoir un stationnement plus près. Tu as fait un bon vol?

Ils marchent vers la voiture pendant que Christelle raconte le film qu'elle a regardé pendant le vol, « Un été en Provence ». Xavier l'écoute et sourit. Il lui dit qu'il a vu ce film récemment lui aussi.

— Si c'est aussi beau chez vous que dans le film, je sens que je vais aimer mon séjour.

— J'en suis persuadé.

Xavier a choisi la route la plus intéressante, et Christelle en profite pleinement. Elle regarde partout en souriant.

Lorsqu'ils arrivent chez Xavier, Christelle tombe immédiatement en amour avec la maison ocre aux volets bleus, une vraie maison de type provençal, comme elle l'imaginait. C'est tout de même un peu plus grand que ce à quoi elle s'attendait. Xavier lui fait faire le tour du propriétaire en commençant par la cour arrière avec sa piscine, son coin détente, et la rivière à une vingtaine de mètres. Elle voit l'atelier de Xavier à côté de la piscine, mais il l'amène dans la maison.

— Je te ferai visiter plus tard.

En entrant, Christelle remarque le grand salon épuré et la salle à manger, mais c'est la céramique bleue du comptoir et du dosseret dans la cuisine qui la charme au premier coup d'œil.

Xavier prend la valise de Christelle et l'invite à monter à l'étage où sont la chambre, une salle de bain complète, et son bureau. Il dépose la valise à l'entrée de la chambre, petite pour le très grand lit qui trône au centre, et sobrement décorée. Il l'entraîne vers le bureau.

— Viens, je vais te montrer mon bureau, l'endroit où je m'installe pour nos conversations hebdomadaires.

En approchant du bureau, Christelle voit qu'il a imprimé et encadré la photo d'eux qui a été prise pendant leur séjour à Annecy. Il la prend dans ses bras et l'embrasse doucement.

— Allons dans la chambre. Je vais te montrer comme tu m'as manqué.

Dans la chambre, il la couche doucement sur le lit et l'embrasse en la caressant. Christelle frémit sous ses caresses et l'aide à se dévêtir. Il lui a tellement manqué. Ils font l'amour avec fougue et Christelle, sachant que personne ne l'entendra, gémit et exprime son plaisir haut et fort. Elle s'endort ensuite dans les bras de Xavier qui reste là pendant un moment.

Quelques heures plus tard, Christelle se réveille. Elle est seule et met quelques secondes avant de trouver ses repères. Elle s'étire et sourit. Elle se lève et se dirige vers la salle de bains qu'elle a aperçue plus tôt. En l'entendant marcher, Xavier lui crie qu'il y a une serviette et un gant de toilette pour elle sur la commode dans la chambre si elle veut prendre sa douche avant de descendre pour l'apéro. Elle chante dans la douche et enfile une petite robe d'été avant de descendre.

Xavier est dans la cuisine, en train de préparer un petit goûter.

— J'ai pensé qu'on pourrait s'installer dehors pour prendre l'apéro. Le temps est bon. J'ai un petit rosé au frais. Je t'en sers un verre?

— Oui, merci. As-tu besoin d'aide?

— Prend le plateau qui est là sur le comptoir, et apporte-le sur la table bleue en sortant à droite. Je prends le vin et les coupes, et je te rejoins.

Le vin, un Château Font Freye La Gordonne, accompagne à merveille les amuse-bouches frais que Xavier a préparés, melon et prosciutto, olives, et des tartines de ricotta citronnée. Lorsqu'ils ont terminé le goûter, Xavier remplit leurs verres et invite Christelle à le suivre dans son atelier. Ils longent la piscine et arrivent à une cabane au fond de la cour. C'est l'atelier où Xavier vient peindre. Christelle entre en silence, comme si elle pénétrait dans un sanctuaire. Après tout, c'est celui de Xavier, et elle sent qu'il n'y amène pas beaucoup de monde.

Elle est surprise de voir comme l'endroit est bien éclairé par la lumière du jour qui entre par les grandes fenêtres et les puits de lumière dans la toiture. Sur le mur du fond, un comptoir sur lequel trônent des pinceaux, des couteaux, des spatules, des tubes et des pots de toutes les couleurs, ainsi que des toiles vierges. Sur le chevalet, une grande toile d'un mètre de largeur par un mètre et demi de hauteur est recouverte d'un drap blanc. Que de mystère! Christelle se demande bien ce qui se cache dessous. Xavier la prend dans ses bras et la fixe intensément.

— J'avais hâte que tu viennes chez moi. Pendant tous ces mois où nous étions séparés par des kilomètres de terre et d'eau, j'ai travaillé sur un projet qui m'a permis de tenir le coup. J'espère que tu vas aimer. Tu es prête?

Christelle retient son souffle. Elle se demande ce qu'il y a sous le drap. Elle hoche la tête en silence. Quand il soulève la toile, elle ne peut retenir ses larmes. C'est tellement beau et lumineux! Elle tente de contrôler le flot de ses émotions en inspirant profondément.

Xavier a reproduit le château de Menthon avec, en avant-plan, le portrait de Christelle, vêtue de la sublime robe rouge qu'elle portait lors de leur première soirée à Annecy. Il a su capturer l'étincelle dans le regard de Christelle, et le château derrière elle semble tout droit sorti d'un conte de fées. On dirait une châtelaine ou une reine devant sa somptueuse demeure. Christelle s'approche pour mieux voir le détail, puis recule pour apprécier l'ensemble pendant que Xavier l'observe en souriant. Elle revient vers lui et lui saute au cou pour l'embrasser.

— C'est magnifique! J'adore! Tu as un talent immense. Je n'en reviens pas de me voir comme ça, en gros plan. Je me trouve belle. Et le château! Wow! Tu me fais rêver.

— Je t'ai peinte comme je te vois. Pour moi, tu es la plus belle des femmes et je trouvais que le château derrière venait ajouter à ta beauté énigmatique. En peignant cette toile, j'avais l'impression de me rapprocher de toi à chaque fois. Ça ne fait que quelques jours que je l'ai terminée, à temps pour que tu la voies.

— Merci! C'est la plus belle chose qu'on ait fait pour moi. J'en reviens pas.

Xavier la laisse admirer la toile encore un peu.

— Viens, rentrons. Comme il fait beau, j'ai pensé qu'on pourrait dîner sur la terrasse. Je vais faire chauffer la plancha. Je ferai griller des steaks et des légumes. Tu veux me donner un coup de main avec la salade?

Pendant qu'ils préparent le repas, Christelle se surprend à penser que s'ils vivent ensemble un jour, ça fera partie de leur routine quotidienne.

Ils mangent sur la terrasse et Xavier propose à Christelle de l'amener visiter un petit village voisin le lendemain, L'Isle-sur-la-Sorgue, surnommée la Venise de Provence. Comme c'est jour de marché, ils en profiteront pour acheter ce qu'il faut pour le repas du soir.

Ce soir-là, ils s'endorment enlacés. Christelle a hâte de visiter ce village. Il parait que le chanteur Renaud y habite. Et s'ils le croisaient au marché?

Chapitre 27

Quand Christelle se réveille ce matin-là, Xavier est déjà debout. Elle se lève à son tour et s'approche de la fenêtre qui donne sur la piscine. Elle peut voir Xavier qui fait des longueurs. Elle l'observe un peu, puis enfile son maillot avant de le rejoindre.

— Quelle bonne idée de commencer la journée en nageant! lui crie-t-elle en refermant la barrière derrière elle.

— Chouette! T'as décidé de te joindre à moi. Allez, plonge!

Christelle plonge et nage jusqu'à Xavier qui l'accueille en l'embrassant. Ils nagent ensemble, s'amusent à faire la course et rentrent prendre le petit-déjeuner.

Sur la table, il a déjà mis le pain, le beurre, les confitures et le fromage préféré de Christelle, du Comté. Elle est touchée qu'il s'en soit souvenu. Il prépare les cafés et vient rejoindre Christelle.

— Comme le marché est déjà ouvert depuis 7 heures ce matin à L'Isle-sur-la-Sorgue, je propose qu'on parte tout de suite après le petit-déjeuner. J'apporte une glacière pour mettre les denrées périssables parce qu'on ne reviendra pas tout de suite. J'ai envie qu'on profite un peu de l'ambiance du village. Il y a un marchand que je veux te faire découvrir et je sens que tu vas adorer.

Christelle monte s'habiller tout de suite après le repas. Elle porte une petite robe d'été blanche à motif floral, des sandales confortables et son chapeau à large rebord pour la protéger du soleil. Xavier, qui est en bas de l'escalier, est bouche bée quand il la voit. Il sourit et dit :

— Tu es magnifique. Allons-y.

Le marché est à moins de 30 minutes de Carpentras. Quand ils arrivent à destination, ils laissent la voiture dans un stationnement public et partent à la conquête des étals des marchands avec leurs sacs en toile. Christelle soupçonne que ce n'est pas seulement par souci pour l'environnement, mais que ça fait partie des habitudes des gens de la région. Elle remarque que d'autres personnes ont apporté leur propre sac et certains ont des paniers. C'est tout à fait logique, puisque peu de marchands auront des sacs pour leurs clients.

Christelle est immédiatement conquise par le charme du village. Les kiosques des marchands sur le bord de la Sorgue, les couleurs, et les sourires de gens lui plaisent beaucoup.

Xavier achète les légumes, les fromages et les autres ingrédients pour le repas du soir en discutant avec les marchands. Ils le reconnaissent et sont contents de le revoir. Il leur présente son amie Christelle du Québec et plusieurs lui parlent de Céline Dion. Il faut dire qu'il n'y a pas meilleure ambassadrice. Christelle reçoit beaucoup d'attention, et ça la surprend. On l'invite à goûter toutes sortes de produits et elle se réjouit de pouvoir marcher pour digérer tout ça. C'est quand même difficile de résister quand tout a l'air aussi appétissant.

Elle repère une marchande de produits à la lavande et en achète pour sa mère qui aime particulièrement ce parfum. Hélène sera contente de savoir que sa fille a pensé à elle et lui a rapporté de la vraie lavande de Provence. Une fois les courses terminées au Marché et les produits périssables placés dans la glacière, Xavier emmène Christelle marcher dans les petites rues du village. Il y a de belles boutiques dans lesquelles ils s'arrêtent un moment. Ils finissent par déboucher sur la Place de la Liberté. Xavier la tire doucement vers la droite.

— Viens, c'est par ici.

Quand ils entrent dans la boutique, Christelle se croit arrivée au paradis. Ils sont dans une succursale des Péchés gourmands. Ça sent bon les fruits, le sucre et le miel. Elle ne sait pas où regarder tellement il y a une abondance de biscuits et de confiseries de toutes sortes. Elle est plus attirée par les confiseries et s'achète des pâtes de fruits, du nougat et des berlingots de Carpentras parce qu'ils lui feront penser à Xavier. Ce dernier leur achète des marrons glacés.

— Il faut que tu goûtes ça. C'est tellement bon. Viens, on va s'installer sur le banc dehors pour les déguster.

Christelle est intriguée et elle a hâte de goûter à ces fameux marrons qu'elle ne connaît pas.

En sortant de la boutique, ils discutent et ne regardent pas où ils vont. Xavier frappe une femme qui entrait en même temps.

— Oh, excusez-moi Madame... Angélique!

— Xavier! Mais que fais-tu ici, comment vas-tu?

Ils se font la bise sous le regard de Christelle. Ça y est, elle se sent devenir invisible pendant que les deux autres discutent. C'est que la demoiselle a peut-être 20 ans de moins qu'elle, et c'est une belle blonde à la taille élancée, les cheveux longs et bouclés, les yeux bleus aux longs cils (sûrement des faux), les lèvres pulpeuses, une poitrine généreuse sous un t-shirt bien moulant.

— Je suis venu faire des courses avec Christelle. Angélique, je te présente Christelle, mon amie du Québec. Elle est en visite chez moi et nous allons à la formation de Fabienne dans quelques jours. Y seras-tu?

Il y a quelque chose d'intime dans leurs gestes, leur façon de se regarder. C'est clair qu'il y a eu quelque chose entre elle et Xavier. Aucun homme ne pourrait résister à ça. Angélique sourit à Christelle et lui tend la main.

— Bonjour Madame.

Puis, elle détourne le regard pour répondre à Xavier.

— Non, je n'irai pas. Moi, tu sais, l'ésotérisme et la pensée positive... J'ai assez donné. Avoir su que tu y allais, par exemple...

— Oui, je sais. Bon, on te laisse à tes courses. Content de t'avoir revue. J'ai d'autres endroits à montrer à Christelle. Au revoir Angélique!

Angélique l'embrasse encore sur les joues en fermant les yeux, cette fois.

— Au revoir Xavier! Appelle-moi quand tu veux. C'est toujours agréable de te revoir.

Elle ne salue pas Christelle.

« Ah la chipie! Elle minaude, en plus. Non, mais elle fait exprès. » Christelle aurait envie de lui arracher ses grands yeux bleus. Elle n'aime pas comment elle se sent. La jalousie, ça fait longtemps qu'elle n'a pas ressenti cela. Xavier semble s'en être rendu compte et il a tout à coup l'air songeur.

Christelle tente de rester calme. S'il savait tout l'effort que ça lui demande, car elle se sent ridicule. Elle choisit plutôt de paraître intéressée.

— Elle a l'air gentille Angélique. Ça fait longtemps que vous vous connaissez elle et toi?

— Oh, ça fait quelques années. On a suivi quelques formations ensemble. On s'est fréquenté un peu.

— Ah bon.

Christelle se tait et décide de se concentrer sur les bâtiments qui l'entourent. Xavier l'entraîne vers un banc pour qu'ils puissent goûter aux fameux marrons glacés. Christelle apprécie la distraction. Elle déballe le marron, le regarde, le sent, puis prend sa première bouchée en fermant les yeux.

— Mmm, mais c'est donc bin bon ça! Ça goûte le ciel.

Xavier rit d'entendre l'expression typiquement québécoise. C'est que Christelle fait habituellement très attention en présence de Xavier pour s'assurer qu'il la comprenne. Elle rougit.

— J'adore! C'est vrai que c'est donc bin bon et que ça goûte le ciel! Allez, on finit ça et je t'emmène visiter une petite boutique qui va te charmer presque autant que ce marron. Je pense même que tu vas vouloir faire des achats pour tes copines épicuriennes. On en profitera pour se faire préparer un panier pique-nique qu'on pourra déguster sur les rives de la Sorgue.

Xavier avait raison. La boutique Olive et Raisin est l'endroit par excellence où les touristes peuvent trouver les saveurs de la Provence. Pour leur pique-nique provençal, qu'ils prendront sur la terrasse au bord de la Sorgue, ils choisissent le menu OR, Olive et raisin découverte. Ce panier comprend de la charcuterie, un fromage de chèvre, un fromage de vache, un confit de tomate, rillettes de canard, une tartinade, des légumes marinés à l'huile d'olive, des croûtons, du pain frais et du beurre. Pour bien profiter de chacune des saveurs, Christelle opte pour une eau gazeuse.

Avant de quitter la boutique, Christelle achète de l'huile d'olive du Domaine Leos, qui appartient au chanteur Patrick Bruel, des tapenades et des tartinades. Ses amies n'en croiront pas leurs papilles à leur prochain souper de filles.

Voyant que Christelle commence à montrer des signes de fatigue, Xavier propose de rentrer à la maison. Christelle s'endort pendant le trajet et Xavier la laisse faire. Il comprend qu'elle doit être encore sous l'effet du décalage et ça fait plusieurs heures qu'ils marchent dans la ville, sous le soleil brûlant.

Lorsqu'ils arrivent, il rentre les courses à l'intérieur avant de venir la réveiller.

— Allez ma belle au bois dormant. On est arrivé. Tu vas être plus à l'aise dans notre lit.

Christelle se réveille assez pour entrer dans la maison et monter se coucher. Elle est beaucoup plus fatiguée qu'elle ne pensait.

Xavier range l'épicerie et vient la rejoindre. Il se couche face à Christelle et la regarde dormir. Comme elle est belle. Si elle savait comme il l'aime. Il a bien senti qu'elle n'a pas apprécié leur rencontre avec Angélique. Il devra lui en parler ce soir, en dînant. Il faut qu'il explique, qu'il la rassure.

Chapitre 28

Christelle se réveille quelques heures plus tard, bien reposée. Elle entend Xavier qui s'active dans la cuisine. Elle se lève et prend une douche rapide. Xavier, qui l'a entendue, l'attend au pied de l'escalier avec une coupe de rosé et un sourire.

— Alors, ma belle au bois dormant, tu as bien dormi?

— Oui, merci. Désolée d'être une invitée aussi ennuyante, mais l'effet du décalage se fait encore sentir.

— Y a pas de souci. Tiens, c'est un Château Beaulieu. Je crois qu'il va te plaire. J'ai pensé qu'on pourrait encore s'installer dehors pour l'apéro.

Christelle prend le verre et sent les notes fruitées et florales. Quand elle le goûte, elle en apprécie la fraîcheur et perçoit des flaveurs d'écorces d'orange et de fraise.

— Mmm, il est excellent ce rosé. Oui, allons sur la terrasse. As-tu besoin d'aide pour apporter quelque chose?

— Non, tout y est déjà.

Sur la table, Christelle reconnaît les olives mélangées qu'ils ont achetées à la boutique Olive et Raisin. Xavier a aussi préparé des craquelins à la tartinade au chèvre et tomates séchées. Il la laisse manger un peu avant d'aborder le sujet qui lui tient à cœur.

— Christelle, j'aimerais qu'on discute un peu de ce qui s'est passé plus tôt aujourd'hui. Quand nous avons rencontré Angélique, j'ai senti que tu étais très contrariée, et je tiens à ce qu'il n'y ait aucun secret entre nous deux. Ça fait longtemps qu'il n'y a plus rien entre elle et moi, et si tu as des questions au sujet de ma relation avec Angélique, je suis prêt à y répondre.

— Tu dis que ça fait longtemps que c'est terminé entre vous deux? Combien de temps? Avant qu'on se rencontre?

— C'était au moins un an avant qu'on se rencontre. En fait, il n'y a jamais eu de relation à long terme entre nous. Disons que nous avons été des amis avec bénéfices jusqu'à ce que je lui dise que c'était terminé, qu'il était temps qu'elle trouve quelqu'un d'autre, quelqu'un de son âge, par exemple.

— Elle n'a pas l'air d'avoir compris le message presque deux ans plus tard, on dirait.

— Tu as raison, elle est un peu collante, mais je veux que tu comprennes une chose importante.

Il dépose son verre de vin et prend les mains de Christelle dans les siennes. Elle prend une grande respiration, prête à encaisser ce qu'il va lui dire. Il la regarde fixement pour lui dire :

— Toi, Christelle Talbot, de Gatineau au Québec, tu es la personne la plus merveilleuse que j'ai rencontrée. Il n'y a personne d'autre, et il n'y aura personne d'autre dans ma vie tant que tu voudras y être. Je t'aime.

Des larmes coulent sur les joues de Christelle qui ne sait quoi répondre. Elle se sent un peu ridicule de sa réaction ce matin-là, et elle est sous le choc de sa déclaration. C'est la première fois que Xavier lui dit directement qu'il l'aime même si tout au fond, elle le savait. Elle attendait ce moment depuis longtemps déjà, mais n'osait pas faire les premiers pas.

— Oh! Moi aussi je t'aime Xavier. Plus que tu ne peux imaginer.

Elle se lève pour se rapprocher de lui et l'embrasser. Il l'assoit sur lui et la caresse.

— Et si on rentrait? J'ai envie de te prendre, là, maintenant, mais nous serions plus confortables à l'intérieur.

Ils se lèvent, entrent dans la maison en se tenant la main et font l'amour avec empressement, sans pouvoir attendre, sur le divan. Ce n'est que bien plus tard qu'ils s'assoient à table pour déguster le repas typiquement provençal que Xavier avait préparé et qu'il n'a eu qu'à réchauffer. La tarte à la tomate est fondante et le poulet aux olives se défait à la fourchette. Le Château Beaulieu accompagne à merveille ce repas et Christelle se régale.

Cette nuit-là, Christelle s'endort le cœur léger, la tête sur la poitrine de Xavier.

Chapitre 29

Christelle et Xavier sont heureux de retrouver Jackie à la formation de Fabienne. Elle sourit en les voyant arriver, main dans la. Elle les embrasse.

— Bon matin, les tourtereaux! T'as fait un bon vol, ma chérie? Tu as eu le temps de visiter un peu?

— Oui, le vol s'est très bien passé, et nous sommes allés à L'Isle-sur-la-Sorgue. C'était magnifique. Savais-tu que Patrick Bruel a un domaine là-bas, et qu'il fait une huile d'olive de grande qualité?

— Non, je ne savais pas! Avez-vous eu la chance de le rencontrer?

— Non, mais j'ai acheté une bouteille d'huile, par exemple.

Ils entendent la musique, signe que le séminaire va bientôt commencer, et se dirigent vers la salle. Ils choisissent une table à l'avant. Fabienne, qui attend près de la porte qu'on fasse sa présentation, les reconnaît et leur sourit lorsqu'ils passent devant elle.

La journée commence avec l'introduction au sujet du séminaire, la magie de l'argent, et Fabienne débute avec un exercice sur les croyances et les expressions qu'ils ont entendues à propos de l'argent. Christelle se rappelle avoir déjà entendu que lorsqu'on est né pour un petit pain, il faut s'en contenter. Elle n'a jamais été d'accord avec cette idée, et elle dit même en riant qu'elle s'est organisée pour être propriétaire de la boulangerie!

Pendant la pause, Christelle et Xavier discutent avec d'autres participants qu'ils avaient rencontrés à Annecy. Les retrouvailles se font dans la joie et les rires.

Au retour de la pause, Fabienne invite les participants à partager leur expérience du matin. Ont-ils eu une révélation, une prise de conscience? Xavier se lève et se rend au micro. Christelle le regarde, curieuse d'entendre ce qu'il veut partager. Elle ne s'attendait pas du tout à entendre ce qu'il dit.

— Fabienne, si je viens ici parler devant tout le monde, c'est pour te remercier. Vois-tu, l'automne dernier, j'ai participé à ton séminaire à Annecy et j'ai rencontré une femme merveilleuse. Au cours des derniers mois, on a discuté par vidéoconférence parce qu'elle vient de loin, et j'ai la chance qu'elle soit ici aujourd'hui pour vivre ton séminaire avec moi. Alors, merci, merci, merci d'avoir été l'organisatrice de ma rencontre avec Christelle. Je n'aurais jamais pensé rencontrer l'amour dans un de tes événements.

Tout le monde applaudit. Christelle rougit, émue qu'il parle d'elle comme ça. Quand il revient s'assoir, il l'embrasse et lui dit :

— Je t'aime, et je veux que tout le monde le sache.

— Wow! Merci, Xavier, d'être venu nous partager votre amour. Vous voyez comme la magie peut opérer quand on renonce un peu au contrôle? Quelqu'un d'autre a quelque chose à partager?

Quelques participants vont au micro partager ce qu'ils ont appris sur eux-mêmes et leurs croyances pendant l'exercice du matin, mais rien ne surpasse la révélation faite par Xavier qui semble avoir surpris plusieurs nouveaux participants qui n'étaient pas présents à Annecy. Fabienne continue son enseignement et les participants font les exercices avec joie. On entend des rires ici et là dans la salle pendant les périodes de discussions.

Au moment où ils se lèvent pour aller à la pause du midi, l'assistante de Fabienne s'approche.

— Christelle, Xavier, pouvez-vous attendre un peu? Fabienne aimerait vous parler quelques minutes.

Ils se demandent bien ce que Fabienne veut leur dire. Peut-être qu'elle veut juste les féliciter plus intimement. Elle termine sa discussion avec un participant et s'approche du couple.

— Merci d'avoir patienté. Je veux d'abord vous féliciter. Comme je vous connais tous les deux par le coaching, je suis ravie que vos âmes se soient enfin réunies. Je ne pouvais souhaiter meilleur dénouement. Si je vous ai demandé de m'attendre, c'est que j'ai une proposition à vous faire. Comme vous le voyez, le nombre de participants augmente à chaque événement, et j'ai beaucoup de demandes pour du coaching individuel. Je ne peux pas coacher tout le monde personnellement, alors j'ai pensé à vous, puisque vous êtes certifiés de plusieurs de mes formations, pour faire partie de mon équipe. Prenez le temps d'y penser, je n'attends pas une réponse immédiate. Si vous voulez, nous pourrons en discuter au retour. Vous n'avez qu'à demander à mon assistante de planifier une rencontre. Je peux vous rencontrer individuellement, ou on peut faire une vidéoconférence à trois.

Je vous expliquerai comment nous travaillerons ensemble et répondrai à toutes vos questions. Bon, je vous laisse aller manger. On se voit tout à l'heure. Bon appétit!

Christelle et Xavier n'en reviennent pas. Ils sont touchés qu'elle ait pensé à eux pour faire partie de son équipe, et se promettent d'en discuter ensemble plus tard, à la fin de la journée. Ils vont rejoindre les autres participants et profitent de la pause du midi pour discuter et apprendre à mieux les connaître. Ils ne ressentent plus le besoin de s'isoler, puisqu'ils auront toute la soirée et la nuit ensemble.

L'après-midi passe rapidement et Fabienne, fidèle à ses bonnes habitudes, leur fait faire une visualisation où l'argent est incarné par la personne de leurs fantasmes. Elle prévient ceux qui sont déjà en couple de choisir quelqu'un d'autre, une vedette, par exemple.

Les participants trouvent ça bien drôle et Christelle a hâte au lendemain pour entendre les témoignages. Dès qu'ils ont terminé, Christelle et Xavier rentrent à Carpentras et vont nager un peu avant de prendre l'apéro.

Ils discutent de la proposition de Fabienne. Christelle a toujours rêvé de collaborer avec Fabienne, mais elle doute un peu d'elle-même. Sera-t-elle à la hauteur? Xavier la rassure en lui rappelant que Fabienne a pensé à eux parce qu'ils ont suivi ses formations et qu'elle les observe depuis longtemps. Ils conviennent tous les deux de prendre rendez-vous avec elle pour discuter du fonctionnement et de leur rémunération après la formation.

Christelle et Xavier vont voir l'assistante de Fabienne et lui demandent un rendez-vous deux semaines plus tard pour discuter de leur future collaboration. Ils vont ensuite rejoindre Jackie qui les attend dans le hall. Les trois amis sont heureux, parce que Fabienne a fait la même proposition à Jackie. Selon elle, Fabienne va probablement leur demander de choisir leur expertise et leur client idéal afin que chacun éprouve de la joie à coacher les clients qu'on leur confiera.

La deuxième journée ressemble à la première, sauf pour le contenu. Durant les pauses et le midi, les participants se regroupent et discutent. De nouvelles amitiés se créent. Ce séminaire ne dure que deux jours, et à la fin de cette dernière journée, des participants vont saluer Christelle et Xavier. Ils reçoivent des félicitations et des vœux de bonheur de tout le monde. Plusieurs se sont déjà inscrits au prochain événement organisé par Fabienne et anticipent les retrouvailles.

Chapitre 30

La veille du départ de Christelle pour le Québec, Xavier et elle passent la journée à profiter de la piscine et de leur présence mutuelle. C'est comme s'ils voulaient se remplir la tête, le cœur et surtout le corps de doux souvenirs. Pendant que Christelle lit, assise devant lui, Xavier la dessine.

Ils planifient aussi leurs retrouvailles à l'automne, car Fabienne a décidé de faire un événement pour ses clients de haut niveau où la présence de Christelle et Xavier sera nécessaire pour animer de petits groupes de coaching. Leur présence permettra à Fabienne d'accueillir plus de participants. Cet événement aura lieu à Carpentras. Même si les détails de collaboration ne sont pas établis, Xavier a déniché un endroit qui conviendra parfaitement, et il n'attend plus que la confirmation de Fabienne pour réserver.

Ce soir-là, Christelle n'arrive pas à s'endormir. Elle sent que cette séparation sera encore plus difficile maintenant qu'elle connaît les sentiments de son amoureux. Elle le sent remuer à ses côtés. Il l'enlace.

— Tu devrais dormir un peu, ma belle.

— Je sais. J'aurais juste aimé que ça ne s'arrête pas. Je suis bien ici, avec toi.

— Je te comprends. Dis-toi que la séparation sera moins longue puisqu'on a un séminaire cet automne.

— Oui, t'as raison. Dors. Je vais essayer de dormir moi aussi.

Elle finit par s'endormir après de longues minutes à se concentrer sur sa respiration, le temps de faire taire toutes les peurs qui remontent à la surface.

En route vers l'aéroport, Xavier conduit de la main gauche, sa main droite tenant la main de sa compagne. Ils chantent à tue-tête avec les artistes de leur jeunesse.

Il stationne l'auto et accompagne Christelle jusqu'à la sécurité. Ils s'enlacent longuement et s'embrassent en pleurant tous les deux. Puis, il s'écarte un peu pour la regarder et lui chuchoter :

— Je t'aime. On se voit bientôt.

— Je t'aime aussi. À bientôt.

Une fois qu'elle a traversé la sécurité, Christelle s'achète un autre roman, « La liste de mes envies », car elle a terminé celui qu'elle a acheté à Ottawa. Elle s'installe en attendant qu'on commence l'embarquement. Le premier vol est assez court, car elle doit faire une escale à Francfort en Allemagne. Comme elle a presque cinq heures d'attente à l'aéroport de Francfort avant son prochain vol, elle se promène et visite les petites boutiques avant de s'assoir près de la porte d'embarquement. Christelle en profite aussi pour noter les idées qu'elle a pour son prochain roman, celui qu'elle commencera après son roman historique qu'elle a si hâte de terminer.

Il est tard quand elle atterrit à Ottawa, et Patricia ne viendra pas la chercher cette fois. Elle prend donc un taxi jusqu'à Gatineau.

Elle est épuisée quand elle arrive chez elle et ne prend pas le temps de vider ses valises avant de se coucher. Ça peut attendre.

Chaque dimanche, Christelle et Xavier discutent par vidéo. Ils continuent de se découvrir et partagent leur quotidien. Depuis qu'ils se sont déclaré leur amour, ils se confient davantage. Ils se languissent l'un de l'autre, mais évitent le sujet. Ils tentent de patienter en attendant de se retrouver à l'automne pour l'atelier de Fabienne.

Christelle a déjà réservé son vol, et Xavier lui promet cette fois la visite de quelques vignobles de la région.

Chapitre 31

Au début du mois d'août, Christelle envoie un message à ses amies pour confirmer leur souper de filles, le mardi suivant. Ses amies lui ont manqué, mais avec les vacances de chacune, il était difficile de trouver un moment où elles pourraient toutes être présentes. Elle est impatiente de leur raconter son séjour en Provence et d'avoir de leurs nouvelles. La fille de Samantha devrait avoir accouché, et le tournage de la télésérie de Patricia devrait commencer bientôt, si ce n'est pas déjà fait. Elle anticipe aussi leur réaction lorsqu'elle leur donnera leurs cadeaux.

Elle s'installe ensuite pour ajouter les dernières phrases au premier jet de son roman historique en attendant leur réponse. Elle est contente de terminer ce roman, parce qu'elle a hâte de commencer le prochain, qui lui ressemble beaucoup plus.

On sonne à la porte d'entrée de l'immeuble. Elle pousse le bouton de l'interphone.

— Oui, qui est-ce?

—Hello, special delivery for Christelle Talbot.

Elle se demande qui peut bien lui envoyer un colis et actionne le bouton pour déverrouiller la porte principale de son immeuble. Elle ouvre la porte de l'appartement, et décide d'attendre le livreur dans le corridor.

Quand l'ascenseur s'ouvre, elle retient un cri. C'est Xavier qui est là, avec ses valises, tout souriant, fier de lui.

—Miz Talbot, do you accept ze special delivery?

Elle se jette dans ses bras et l'embrasse en riant.

— Mon amour! Bien sûr que j'accepte la livraison. Tu as bien fait de parler en anglais. Ça camouflait bien ton accent. Ha ha!

— Tu me manquais trop et j'ai pensé qu'on pourrait passer les deux prochaines semaines ensemble. Qu'en penses-tu? Je ne te dérange pas?

— Tu ne me déranges pas du tout. Depuis le temps que je veux te faire découvrir ma région, mon pays. Entre. Tu dois être fatigué. Tu as fait un bon voyage?

Elle lui fait visiter son petit appartement en gardant la chambre pour la fin. Malgré la fatigue du voyage, Xavier lui fait l'amour doucement, avec tendresse, avant de s'endormir en l'enlaçant. Christelle reste près de lui pendant quelques instants, et lorsqu'elle le sent profondément endormi, elle se lève et retourne à son ordinateur. Cette fois, ce n'est pas pour travailler sur son roman, mais pour demander à son adjointe de ne pas ajouter de nouveaux rendez-vous pour les deux prochaines semaines. Christelle lui explique que Xavier est arrivé à l'improviste, et son adjointe se réjouit pour elle. Elle sait que Christelle et Xavier forment un couple depuis qu'elle est revenue de Carpentras, et qu'ils ont commencé à travailler avec Fabienne.

Quand Xavier se réveille, Christelle prépare un souper léger qu'ils partagent en planifiant son séjour. La première journée servira à lui faire visiter le quartier pour qu'il se familiarise avec les services qui sont à proximité. Ainsi, Christelle pourra coacher les quelques clients qui avaient déjà réservé leur rendez-vous pendant que Xavier s'occupera de son côté. Elle va lui obtenir un laissez-passer pour le centre sportif pour qu'il puisse aller faire de la natation s'il en a envie.

— Merci ma douce. Ne bouscule pas trop ton horaire. Le plus important pour moi est d'être ici avec toi. J'aimerais que tu me fasses visiter tes endroits préférés, rencontrer tes amies, ta maman aussi, si tu le veux bien, en dehors de ton travail, évidemment. Je suis ici pour deux semaines. Nous aurons le temps.

— Bonne idée. Ce weekend, on ira voir ma mère et je te ferai visiter la région. Pour le souper, je veux dire le dîner, avec les amies, on a déjà prévu se voir mardi prochain. Je ne leur dirai pas que tu es ici. Je leur réserve la surprise. Elles seront ravies de te rencontrer. As-tu envie d'aller visiter des musées?

— Va pour les musées, mais comme tu les connais, je vais profiter des journées où tu travailles, pour m'y rendre. T'auras qu'à m'expliquer pour les bus. J'ai vu qu'il y a une espèce de gare de l'autre côté de la rue.

— Oui, c'est un arrêt pour le Rapibus, une voie exclusive pour les autobus. C'est une des nombreuses raisons qui m'ont fait choisir cet appartement. J'ai accès à tout, aisément. Nous prendrons l'auto pour aller à Maniwaki, parce que c'est à 136 kilomètres d'ici, et il n'y a qu'un autobus par jour.

— C'est parfait. J'ai hâte de voir ta maman.

Ils continuent à planifier les activités des prochains jours en consultant les sites Internet de la ville de Gatineau et de Tourisme Outaouais. Ils iront aussi faire le marché à Ottawa. Il est différent de celui de L'Isle-sur-la-Sorgue, mais Christelle anticipe déjà leur visite du Moulin de Provence, un incontournable pour les visiteurs du Marché. Même le Président des États-Unis, Barak Obama, y a fait une visite remarquée. Un biscuit a été créé pour commémorer sa visite à la boulangerie-traiteur.

Après un petit-déjeuner léger, Christelle et Xavier sortent marcher dans le quartier. Ils vont au Centre sportif, achètent le laissez-passer de Xavier, et elle en profite pour rapporter des livres à la bibliothèque, de l'autre côté de la rue. Ce midi-là, ils vont savourer une délicieuse pizza sur la terrasse du Pizzédélic, la chèvre et noix pour Christelle et la poulet chèvre chaud pour Xavier. Ils en profitent ensuite pour aller voir quels films sont à l'affiche au Cinéma 9.

— Décidément, tu ne pouvais choisir mieux comme quartier. Bibliothèque, cinéma, bon resto, tout est à proximité.

Comme Christelle a des séances de coaching avec des clients cet après-midi, ils reviennent à l'appartement. Xavier décide d'en profiter lui aussi pour faire quelques suivis avec ses clients.

Christelle est contente de faire visiter le marché Byward d'Ottawa à Xavier. Ils s'y rendent en autobus et elle peut lui montrer en chemin les différents endroits qu'il pourra visiter seul. Leur autobus passe devant le Musée canadien de l'histoire et le Musée des beaux-arts du Canada. Xavier prend des notes dans son téléphone pour ne rien oublier.

— Au Musée canadien de l'histoire, tu pourras visiter la salle de l'histoire canadienne où tu verras trois galeries qui racontent les débuts du Canada, le Canada colonial, et le Canada moderne. Au Musée des beaux-arts du Canada, tu pourras admirer beaucoup d'œuvres canadiennes. Il me semble qu'il y a une exposition des œuvres de la portraitiste de Marie-Antoinette en ce moment, si ça t'intéresse.

— C'est génial! Je pourrai visiter les deux musées dans la même journée.

Ils descendent de l'autobus, et commencent à visiter le marché extérieur. Les agriculteurs sont souriants et accueillants. Xavier discute avec eux, et leur pose des questions sur leurs produits. Ils font quelques achats pour les prochains repas, et mangent sur la terrasse d'un restaurant.

Ils se rendent ensuite au Moulin de Provence. En entrant, Xavier s'empresse de saluer les gens. C'est clair qu'il s'y sent chez lui. Il discute avec le personnel et s'intéresse sincèrement à eux. Ils achètent leur pain et quelques pâtisseries avant de marcher jusqu'à l'arrêt d'autobus.

— Tu sais, si j'habitais ici, je viendrais faire mon marché à cet endroit. Ça me fait penser à chez moi. Les gens sont aussi sympathiques.

Christelle sourit, en pensant que c'est peut-être ce qu'il fallait pour l'attirer au Canada.

Sur le chemin du retour, ils passent devant la colline du Parlement et la bibliothèque nationale qu'ils se promettent de visiter dans quelques jours.

Chapitre 32

Christelle est très excitée à l'idée d'emmener Xavier visiter sa mère et la vallée de la Gatineau. En route, elle pointe les différents endroits qu'elle a fréquentés, passe dans le village de Bouchette au lieu de le contourner par la route 105, puis dans le petit village de Messines qu'elle a visité souvent lorsqu'elle était enfant.

Lorsqu'ils arrivent à la réserve indienne, Xavier est surpris de voir un tipi.

— Il y a des Indiens par ici?

— Oui, nous sommes sur la réserve algonquine Kitigan Zibi. Plusieurs habitants de la région sont de descendance algonquine. Je suis de la cinquième ou sixième génération. Il y a un centre culturel qui présente des expositions et des artefacts. Il y a même un endroit où on peut passer la nuit dans un tipi ou un wigwam avec le petit-déjeuner typique.

— C'est pas pareil, tipi et wigwam?

— Non. Ce sont deux types d'habitations différentes. Le tipi, c'est ce que nous avons vu en passant tout à l'heure, et est surtout une habitation d'été. Le wigwam est une sorte de hutte ronde pour 4 saisons. Je te montrerai des photos ce soir quand nous rentrerons.

— Fascinant!

Hélène accueille Xavier et Christelle en les embrassant. Pour elle, c'est clair que Xavier fait déjà partie de la famille. Christelle va déposer leurs sacs dans la chambre d'invités pendant que sa mère montre les photos de famille à Xavier.

— Elle était mignonne, votre fille, quand elle était petite. Était-elle aussi sage qu'elle me l'a raconté?

— Oui, elle était très sage. C'est pas mêlant, elle était toujours en train de lire. Ça m'a pas surpris quand j'ai su qu'elle avait publié son premier livre. Venez vous assoir. Le dîner est prêt. C'est pas grand-chose, mais avec la chaleur qu'il fait, j'avais pas envie de partir le four. Je nous ai préparé une bonne salade et des fromages. Ça vous va?

— Oui, Mom, c'est parfait.

— Comme dit Christelle, ce sera parfait.

Ils mangent ensemble pendant qu'Hélène raconte un peu de l'enfance de Christelle. Celle-ci tente de faire dévier la conversation en prenant des nouvelles de sa famille. Ils iront visiter les oncles et tantes en après-midi.

Les oncles et les tantes de Christelle semblent contents de rencontrer Xavier. Ils lui posent des questions sur son pays, sur sa profession, et commencent rapidement à faire des blagues. Blagues que Christelle doit parfois expliquer quand ils utilisent des termes typiquement québécois. Xavier est charmé et leur promet de revenir les voir lors de sa prochaine visite au Canada. Christelle est ravie. Xavier reviendra.

Fidèle à ses habitudes, Hélène ne les laisse pas repartir les mains vides. Elle leur remet un sac rempli de pâtés au poulet, tartes au sucre et de ses délicieuses confitures maison.

Ce soir-là, comme promis, Christelle montre des images de tipis et de wigwams à Xavier qui ne cache pas son rêve de vivre une expérience typiquement autochtone. Saisissant l'occasion d'attirer Xavier au Québec, elle lui parle du Pow Wow, la grande fête de la culture autochtone, qui a lieu le premier weekend de juin sur la réserve à Maniwaki.

Le mardi suivant, c'est Valérie qui arrive la première pour le souper de filles. Elle est surprise et ravie de rencontrer enfin Xavier. Patricia et Samantha sont aussi enchantées de le rencontrer enfin.

Patricia leur raconte le tournage de la télésérie « Mon père, le policier ». Elle est soulagée de voir que les scénaristes ont respecté son livre et n'ont ajouté que quelques scènes pour que ça se tienne mieux, et que ça puisse durer 10 épisodes.

Samantha a enfin rencontré quelqu'un de bien lors d'un événement de course à pied. Elle leur montre des photos de son nouvel amoureux, et propose à Christelle et Xavier de faire une sortie à quatre avant que ce dernier ne reparte pour la France.

Xavier sait se faire apprécier par les amies de Christelle. Il les écoute, et les fait rire. En partant, elles chuchotent à Christelle qu'il est aussi beau en vrai que sur ses photos et qu'elles le trouvent vraiment sympathique.

Lorsque la dernière amie a quitté, Xavier dit :

— Elles sont vraiment sympas, tes amies. Tu as su t'entourer de femmes de cœur, différentes les unes des autres. Elles tiennent beaucoup à toi, tu sais. Elles m'ont toutes dit de bien faire attention à toi. Je sens que j'ai intérêt à les écouter. Ha ha!

Pendant la deuxième semaine de vacances de Xavier, ils voyagent en train pour passer quelques jours à Montréal et à Québec. Ils en profitent pour visiter les musées et les galeries d'art. À Montréal, ils séjournent au Saint-Sulpice, situé dans le Vieux-Montréal, tout près du port. Ils marchent main dans la main, le long du fleuve.

Puis, à Québec, ils logent au Château Frontenac dans une suite avec vue sur le fleuve. Ils marchent dans les rues du Vieux-Québec, visitent la Citadelle, et soupent au Laurie Raphaël. Christelle prend de nombreuses photos, et Xavier en profite pour dessiner.

La veille du départ de Xavier, pendant qu'ils sont couchés, enlacés, il propose :

— Que dirais-tu ma douce, si on se voyait tous les trois mois en alternant les séjours au Québec et en Provence? Et si ce n'est pas assez, on s'organisera autrement? Peut-être que je pourrais passer quelques mois ici et toi, venir en Provence passer quelques mois?

Christelle se colle encore plus à lui.

— J'aime bien l'idée d'alterner entre le Québec et la Provence. Je ne suis pas prête à m'absenter plus que quelques semaines à la fois avec maman qui vieillit. Mes amies me manqueraient beaucoup, aussi.

— Oui, je comprends. C'est parfait, demain avant que je parte, on pourra regarder nos agendas et planifier ta prochaine visite chez nous.

— Mais j'y pense, je serai à Carpentras dans quelques mois pour l'atelier de Fabienne!

— Ha ha! C'est vrai. Peux-tu prolonger ta visite, ou on planifie des vacances au chaud cet hiver?

— J'opte pour les vacances au chaud. On en discutera demain.

Christelle s'endort heureuse en visualisant des promenades en amoureux sur la plage.

Épilogue
Mars 2018

— Mesdames et messieurs, bienvenue au 39ᵉ Salon du livre de l'Outaouais. Aujourd'hui, nous recevons en entrevue la romancière Christelle Talbot qui nous parlera de son tout dernier roman « Québec-Provence ». Bonjour Christelle. Merci d'être venue parler à vos lecteurs.

— Merci Micheline.

— Avant de vous poser des questions sur votre roman et le sujet de notre conférence, l'amour à distance, j'aimerais qu'on parle un peu de votre parcours, pour ceux qui ne vous connaissent pas. Vous êtes entrepreneure, coach de femmes d'affaires, et vous avez écrit quelques livres de développement personnel et professionnel avant votre roman historique « La dame du lac Gagnon ». Vous avez écrit votre nouveau roman « Québec-Provence » rapidement, presque tout de suite après votre premier roman. Pourquoi aussi vite?

— C'est vrai que c'est rapide quand on considère le temps que ça prend pour éditer un livre. Les deux romans sont de genres complètement différents. Le second roman est une autofiction, il est donc basé sur des événements que je vivais au moment de l'écriture. Je voulais écrire pendant que c'était encore frais, et ça a contribué à la vitesse de rédaction.

— Québec-Provence est une autofiction? Si je comprends bien, vous vivez actuellement l'histoire d'amour à distance que Camille vit dans votre roman. Le beau et gentil Christophe existe donc vraiment.

— C'est exact, mais il a un autre nom.

— Hum, intéressant. Dans le roman, Christophe dessine le portrait de Camille et la peint devant un château comme l'image qu'on voit sur la couverture. C'est une image que vous avez commandée à un artiste, ou c'est vraiment arrivé?

— Vous avez bien deviné. C'est Xavier, mon amoureux, qui l'a peinte.

Christelle regarde Xavier qui est assis dans la salle, et il lui sourit en hochant la tête.

— Xavier est ici avec vous? Si on se fie au roman, c'est donc à son tour de venir au Québec.

— Ha ha! Oui, c'est exactement ça. C'est son tour, et il a bien voulu m'accompagner au Salon du livre. Il a aussi publié un livre, récemment.

— Comme c'est fascinant. Revenons au sujet de la conférence. Qu'est-ce que vous avez trouvé le plus difficile dans votre relation à distance?

— De ne pas pouvoir le toucher, l'embrasser chaque jour. J'avoue que c'est moins difficile d'être séparés de nos jours, avec la technologie. Nous discutons régulièrement par vidéoconférence entre nos visites. Quand on se retrouve, c'est toujours heureux.

— J'imagine qu'on n'a pas envie de partir une chicane quand on se voit aussi rarement.

— Ha ha! C'est vrai que les discussions animées sont plutôt rares entre nous. Mais ça nous arrive de ne pas avoir le même point de vue. Autrement, ce serait un peu ennuyant, non?

— En effet. J'aimerais qu'on reparle de la couverture. C'est un château que vous avez visité en France qui est derrière vous?

— Oui, c'est le château de Menthon Saint-Bernard, près du lac d'Annecy. On raconte que ce château aurait inspiré Walt Disney pour celui de la Belle au bois dormant. C'est aussi magnifique que ce que vous voyez sur la couverture, et j'ai pu visiter plusieurs de ses pièces. La famille habite encore le château.

— Wow! C'est impressionnant. On n'imagine pas que des châteaux aussi bien conservés existent encore. Si vous le voulez bien, nous allons maintenant permettre à vos lecteurs de vous poser des questions. Madame, oui, vous avec le chandail rouge...

Elle répond à quelques questions et on doit déjà terminer l'entrevue.

— Merci beaucoup Christelle. Si vous voulez vous procurer le roman « Québec-Provence » et le faire dédicacer, rendez-vous au stand 146.

Elle remercie Micheline, la bénévole responsable des auteurs, et va rejoindre Xavier et ses trois amies, Samantha, Patricia et Valérie, venues pour l'encourager. Pendant qu'elle se dirige vers son stand pour rencontrer ses lectrices et signer des dédicaces, Christelle sourit, fière de ce qu'elle a réussi à accomplir.

Remerciements

Je tiens à remercier ces gens qui, de près ou de loin, ont contribué à la réalisation de ce roman.

Merci à Mario pour ta compréhension quand je m'enfermais dans mon bureau pendant des heures pour écrire les aventures de Christelle.

Merci aux auteurs que j'ai rencontrés dans les salons du livre pour votre écoute et vos encouragements lorsque je vous parlais de mon rêve d'écrire, moi aussi, un roman, particulièrement Micheline Duff et Guy Bergeron.

Nathalie Ayotte, merci d'avoir semé la petite graine du NaNoWriMo en 2013. Ça m'a pris cinq ans avant de me décider, et je suis contente que tu aies été là lorsque je me suis sentie prête à relever le défi.

Chantal Binet, Francine Provost, Julie Blais, merci d'avoir été mes premières lectrices.

Josée et Brigitte, merci de m'avoir aidée à trouver le nom de Christelle. Vous avez su trouver le nom qui lui sied parfaitement.

Carolle Bergeron, merci pour la magnifique couverture.

Micheline Harvey, ma fée des mots, pour la révision des textes, incluant ces remerciements.

Merci à vous, chers lecteurs.

Un mot sur l'auteure

Danielle Guérin est une créatrice, une fée simplificatrice pour les créateurs à la recherche de liberté.

Passionnée de lecture, elle est aussi une raconteuse d'histoires.

Elle est réputée pour son imagination débordante, son humour, sa grande sensibilité et sa capacité à calmer les *drama queens*.

Danielle a écrit « Chanceuse! Créer sa chance en surmontant ses peurs », un livre de développement personnel.
Quand elle n'écrit pas, Danielle accompagne les entrepreneurs en ligne dans la simplification, l'automatisation et la systématisation de leur processus.

Pour suivre Danielle :
https://danielleguerin.com
https://academiedesadjointes.com
https://facebook.com/danielleguerin.page
https://instagram.com/la_danielle_guerin

Printed in Great Britain
by Amazon

42546360R00138